花开花落 缘起缘灭

西雅 ◎ 著

华龄出版社
HUALING PRESS

责任编辑：程 扬
责任印制：李未圻

图书在版编目（CIP）数据

花开花落缘起缘灭 / 西雅著． -- 北京 ： 华龄出版社，2020.12
ISBN 978-7-5169-1775-6

Ⅰ．①花… Ⅱ．①西… Ⅲ．①散文集－中国－当代 Ⅳ．①I267

中国版本图书馆CIP数据核字（2020）第223037号

书 名：花开花落缘起缘灭
作 者：西雅 著

出 版 人：胡福君
出版发行：华龄出版社
地 址：北京市东城区安定门外大街甲57号 邮 编：100011
电 话：010-58122246 传 真：010-84049572
网 址：http://www.hualingpress.com

印 刷：武汉市卓源印务有限公司
版 次：2021年1月第1版 2021年1月第1次印刷
开 本：880mm×1230mm 1/32 印 张：7.25
字 数：115千字
定 价：58.00元

序

如果你用心去看这本书里面文章的标题，你会发现所有文章的标题都是一首歌的名字。这些标题也许跟内容有关，也许无关，我只是把自己喜欢的一些歌都尽量用上而已。这些歌都不是当下大热的歌，有些甚至非常冷门，在音乐软件上都不一定能搜得到。

有人可能会说，既然每篇文章都是以歌名作为标题，为什么不把书名改成“一首歌一个故事”？这样更能与这些标题互相呼应。我想过的，但最后还是用了“花开花落缘起缘灭”作为书名，因为这是很久以前我想出书时想到的第一个书名，至今我一直很喜欢。

其实有些文章在很久很久以前就完成了，但一直没有机会问世。直到今天，很多事情都已经发生变化，我不得不把内容反复修改。这本书所讲的基本上就是我自己这些年的经历了，就算写的不是自己真实的经历，大多数也是根据自身的经历改编的。你能从字里行间读到什么也就意味着我有什么样的性格和品格，当然不一定百分之百准确，但八九不离十。

我不知道现在的读者喜欢看哪种类型的书，欣赏哪种叙事风格，也无法根据大众的口味去写自己不擅长的东西。我只会按照自己的想法写，读者自行去分辨这是不是自己喜欢的菜，喜欢便多“吃几口”，不喜欢就“换另一道菜”，不必勉强自己硬吞下去。

就这样吧，我也没有其他想说的了，该写的我都已经写在书里。最后我想说，《一首歌一个故事》是我很喜欢的一首歌，也许以后会写一本以这首歌名作为书名的书，但那时候文章的标题肯定已经不是歌名了。我喜欢让事物反着来。

目 录
CONTENTS

G316
合作方向

Dear Friend

“跟去年说再见 / 转眼又是冬天 / 才一年 /

看着世界变迁 / 有种沧海桑田 / 无常的感觉……”

2014年的冬天，我从另一个城市飞回来。下飞机的时候，已经下午六点半了，冬天的夜幕来得快，天已经完全暗下来。由于刚从机舱出来，身体还没适应室外的温度，我浑身冷得直打哆嗦，嘴唇也冻得发紫，整张脸憔悴得像一朵枯萎的玫瑰花。

我迅速打开手机，试图寻找一些温暖。虽然早已做好心理准备，但当手机没有任何反应的时候，心里还是觉得有些失落。没有铺天盖地的信息也没有未接来电，没有人问我“你到了吗”，也没有人说“我去接你”，甚至连平时烦人的垃圾短信也没有，手机安静得像是在嘲笑我这些年来流浪狗一样的漂泊生活。

于是那一刻我明白了，这几年来自己究竟有多孤独，身边竟一个朋友都没有。

打了的士回到市区，随便找了一家酒店住下，洗去了满身的尘土与疲惫，我将自己“扔”在床上，一边随意地翻看手机一边等待Y的电话。行程开始之前，我告诉他我即将回来，他说：“那见一面吧”，我说：“好，那便见一面吧。”

等到差不多晚上十点，Y才出现，他没有打电话，只发了一条QQ信息问我在哪里。我这才意识到曾经形影不离的我们竟连对方的微信都没有。我把位置告诉他，半个小时后，我在酒店大厅看到了那张熟悉又陌生的脸，两个人的模样都有些变化，好在大家都还算年轻。

Y从脸上挤出一丝微笑，对我说：“好久不见。”我用同样的方式回应了他，两个人都觉得有点拘束。Y问：“你吃饭了吗？找个地方吃东西吧。”我笑笑，然后在心里想：“当然没吃，要是知道等你等那么久，我早就吃了。”

我们在街上走了很久，我原本的想法是找个环境好点的地方，吃些好的饭菜或热汤，来暖和一下因为匆忙赶路被我冷落了一整天的胃。但后来，Y带我去路边摊，吃了一大碗麻辣烫，他说这里的麻辣烫很好吃。

我嘴上没说什么，但心里确实有些不悦，也许是饿了太久，此时我的胃对麻辣烫是排斥的。但想想又算了，以前生气了就会给他摆脸色，非要让他哄上半天才肯罢休。现在不能了，我们都已经不是谁的谁了，他也不再是那个骂不走吵不散的人了。

我们没怎么聊以前的事，只简单聊了一些现在的工作，若不是曾经彼此熟悉，我会以为我们是第一次见面的两个网友。吃完饭后他就送我回了酒店。我站在酒店门口，目送他离去，他没有回头，走得也没有任何留恋。很快，Y的身影就完全消失在黑夜里，也完全消失在我的生活里。我想到很久以前我们还在一起的时候，每次我生气走开，不管走了多远，回过头总能看到他默默地跟在身后，从未离去。这也是我们在一起三年里最让我动容的场景之一，以至于后来每每想起来，我都会眼泪决堤。现在我再回头，那个人早已不在。

讲到这里，你们应该猜到我跟Y的关系了。没错，我们曾经是情侣，是真正意义上的初恋，和所有夭折的校园恋情一样，我们曾妄想细水长流最终却分道扬镳。

那是高中时期的爱情了，那时候我跟Y交往，每天都形影不离，每秒都如胶似漆。那时候我们都觉得谁离开了对方谁就会死，所以我们谁也没想过以后会分手。

我跟Y在一起的时候，高一已经快结束了，高二要选文理科，后来分了班，我们就各自到了不同的教室，接触到了陌生的老师和同学。那时候我们还都很害怕离别，每天上课我都在想，一个人在这个班里怎么熬得下去。于是我开始写日记，上面写满了Y和所有我想念的人的名字。日记本我现在都还带着，有时候会翻出来看看，然后一个人傻笑，那时候的心情现在看来原来是那么的微不足道。

Y当时是我们学校的红人，他和他的双胞胎哥哥在上高中之前就已经是跆拳道黑带了，并且都在县城唯一一家跆拳道馆里当教练。除此之外，俩兄弟篮球打得也很好，街舞跳得也很棒，长得也好看，走到哪里都自带光环，全校女生皆为之深深沦陷。

沦陷的女生当然也包括我，但我只为Y一人沦陷，因为当时无论怎么换座位，我和Y始终是前后桌，我想这肯定就是缘分。Y是外宿生，每天都骑一辆紫色的自行车从校门口进进出出。我还在暗恋他的时候，每天放学我都会站在教室的走廊里，望着他走进停放自行车的车棚，再看着他踩着单车从车棚里出来，滑下榕树下的那道坡，骑出校门口，直至完全看不见。

一开始他并不知情，但不知道他是从何时开始发现我每天这样偷偷看他的，所以后来他从车棚出来的时候都会冲我挥手跟我说“再见”，这样的回应让我欣喜若狂。

后来有一次“五一”放假，我用我妈的手机偷偷给他发了一条短信，没多久就收到了他的回信，从此我们便一发不可收拾。这样想来，还是我先追求的他。交往之后，每天晚上下自习后我都会陪他一起到车棚取自行车，然后依依不舍地跟他道别，再目送他离开。

每个星期六的晚上和星期天的下午，学校都没有安排补课，这个时间便成了我们日常约会的最佳时期。Y会用那辆紫色的自行车载着我跑遍县城的大街小巷，很多时候也会去郊外的草坪和他经常训练的那座山上，那里到处都有他训练时挥洒下的汗水。

我坐在自行车后座上张牙舞爪、悠然自得，他一只手握着车把，一只手打着伞为后座的我或遮挡太阳或遮挡风雨，时而大汗淋漓，时而瑟瑟发抖。现在想想那应该是生命中最美好的时光了，我们拥有最快乐的自己和对方毫无保留的心，当然还有一辆自行车。

那时候身边总有人问我是如何区分Y和他的双胞胎哥哥的，因为在他们看来，他们兄弟俩长得几乎一模一样，身高、身材、发型，连穿的衣服都一样。我笑而不语，我当然很容易就能区分出来，在我眼里Y是独一无二的，他跟谁都不一样。

印象深刻的还有Y每天早上给我带的早餐。那时候我不爱吃学校食堂里的包子和粉（其实是不想去排队买，想多赖几分钟床），Y就每天变着花样地给我从学校外面买各种口味的包子和烧饼。我匆匆起床洗了脸刷了牙，然后踩着上课的铃声飞奔至教室。有时候他来得早，就把早餐放在我抽屉里，大家都在早读的时候，我就在旁边啃包子。有时候他来得晚，早读下课后，他就在众目睽睽之下走进我的教室，走到我的座位上把包子递给我，然后再回自己的教室。我们是如此明目张胆、肆无忌惮，以至于全校的人都知道我们的恋情，当然也包括我们的班主任。

我的班主任是个中年男人，我们在暗地里都叫他“老狼”。Y的班主任是位年轻漂亮的女老师，当时才二十多岁，也是个狠角色。

思想教育是免不了的，检讨书和请家长也都不能少。我妈来到学校，想收回我的“作案工具”——我当时用的一部粉色小手机，具体什么牌子不记得了，是我表弟捡到的，被我拿来用，后盖很松已经盖不上了，电池也不耐用，但收件箱里却存满了Y发给我的短信，每一条都是内存占满后酌情删减所剩下的精华。这种情况下，手机自然不能上交，当时正处于叛逆期，是受点刺激就容易跟人私奔的年纪，我妈知道我吃软不吃硬，也就由着我了。

我和Y因此收敛了一段时间，后来又渐渐地开始“目无王法”，双方班主任没办法，只好睁一只眼闭一只眼。“老狼”没少找我去“谈心”，他说你们现在还小，以后出了社会会有更好、更优秀的人，你们一定会分手的。我自然不会反驳他，只管点头附和。他是老师，说什么都对。

至于Y的班主任，每次我在楼道里碰到她，她都像看情敌那样看着我，以至于我一度怀疑她是不是对才华横溢的Y有意思，如果眼神能杀人，我早死了千百遍。如此想来，我和Y能走到毕业实属不易。

现在，正如“老狼”说的“你们一定会分手的”那样，我和Y的确分手了，他很好，是我负了他。以前我时常对他说，如果有一天我要跟你分手，你记得一定要留住我，死皮赖脸地缠着我，千万不要真的跟我分手，他说好。

后来我用了许多决绝的方式说了许多决绝的话语逼他离开，他渐渐心如死灰，终于有一天，他没有再挽留，我们从此各奔天涯。

到今天，距离我和Y正式分手已有八年时间，比我们在一起的时间还要长。他现在过得很好，总之我是这么觉得的，他终于可以在没有我的日子里过得更好，终于可以站在我面前不再流泪，甚至淡忘我，重新开始新的恋情。

我以为我不会难过，不会有舍不得，我感觉我自由了，然后我一个人走了很久很长的路。后来有一天我突然发现，原来难过可以来得那么迟，就像手术时的麻醉剂，过程中一点感觉也没有，过后却痛不欲生。

我总是在喝得烂醉的凌晨，翻着手机联系人找不到可以拨通的号码时疯狂地想念他。看着手机上那串熟悉的号码，又想到自己曾经对他说过的话、做过的事，始终没有勇气按下拨打键，眼泪更加肆意地流。

自从离开 Y 以后，我便一直是只身一人，即便后来谈了很多次恋爱，我依然觉得自己是孤身一人。我几乎再也没有跟谁正大光明地牵着手走在大街上，再也没有对任何人无理取闹过，更没有像当初爱他那样毫无保留地去爱另一个人，开始有许多东西在恋爱中被拿来衡量。

这些年来我的感情一直不顺，当你背叛过一段真挚的感情后，你之后遇到的感情也将会遭遇背叛；如果想不开，只需要想想因果轮回的道理就可以了。

回忆就到此为止，类似的故事有成千上万个，我们并没有显得与众不同。感情的归宿，不是聚就是散，而往往后者才是大多数，只是希望我们能各自安好，好好生活。

我站在酒店门口忽然觉得自己好像有点儿在假装伤感，内心不免嘲笑自己。原来回忆里的人真的不能去见，见了，回忆也跟着没了。我在脑海里幻想过无数次再见面的场景，开口说的第一句话是什么？离别的时候会拥抱吗？我转身的时候他还会像以前一样站在原地看着我的背影消失吗？我要找陌生人帮我们合照以弥补我当初因为冲动而删得一干二净的照片吗？没有，什么都没有，其实我们都过得很好，拼命揪着那点儿回忆不放其实也没什么意思。

Y 的名字现在对我来说没有什么特殊的意义，仅仅只是一个名字吧。三年时间，一千多个日夜，看似与我们有关又似乎跟我们毫无关系，这区区几千字算是给那段回忆一个不算完美的交代。以后没什么事，大家应该不会再见面了。

我只在这座城市停留了一个晚上，第二天便早早起床继续搭车回家，我的家和家人都不在这里，这座城市只是我回家途中的一个中转站。曾经以为如果将来真的要择一城终老，那应该就是这里了，现在想想其实也不一定。可能是离开得太久，我发现自己对这里并不熟悉，它并没有给我落叶归根的感觉，它不属于任何人，它只属于它自己。

总的来说，生活还是好的，偶尔也会觉得一切都没有意义。长时间以来日子都过得不悲不喜，没有发生过什么值得开怀大笑的事，也没发生过任何撕心裂肺的事，心情就像一潭死水，没有一丝涟漪。每当看着镜子里的自己，我都觉得这张脸太过冷漠，眼神也开始变得浑浊。我试着给自己一点儿笑容，但除了能感觉到脸上的肌肉机械性地张开之外，内心没有半点高兴的意思，我的生活太缺少“感动”这种东西了。

走过许多路、看过许多书之后，发现自己活得太明白了。有时候回头却早已看不见最初开始的地方，很多时候我都觉得很累，不知道自己还要走多久，但我知道自己不能停下来，不能把自己扔在路上。

越单纯越幸福

“越单纯越幸福 / 心像开满花的树 / 努力地深爱过就不苦 / 越单纯越幸福 / 心像开满花的树 / 大雨中期待着有彩虹……”

你现在还在学校读书吗？读到哪儿了？还是你早就已经毕业了？你还会想起自己的学生时代吗？

记忆总是先从夏天开始。2004 年 9 月份，我去了镇上的中学读初中。当时我所在的班级属于重点班，整个年级只有三个重点班。我们班是成绩最差的那一个，不听话的学生也最多，不管男生还是女生都争着抢着要跟班主任作对。

刚上初一没多久，我和阿温、艳、雨、惠五个女生就组成了一个叫“斗梦战”的组合，我们都觉得这个名字好听又霸气。组合的名字是雨想出来的，她是我们五个当中鬼点子最多的一个；艳的年龄比我们稍大，她留过级，说话做事比我们成熟，我们对她都很信服；惠很爱笑，单纯得像个天使；阿温性格豪爽泼辣，与我“臭味相投”。

那时候我们整天都黏在一起，一起吃饭，一起睡觉，一起逛街，一起放肆地笑，一起在上课时间趁着老师转向黑板写字的时候，把纸条扔得满天飞。

那个年代，手机在校园里还没普及，学生之间都流行写信和传纸条，一本厚厚的信纸通常一天就能用完。如果学校要给每个学期写信最多的人颁发奖项，我是二等奖，那阿温就是一等奖。

我和阿温当时也称得上是学校里的风云人物了吧。除了长相漂亮受男生欢迎以外，还因为我们跟学校里同样是风云人物的高年级的“大哥大姐”们都有交情。跟那些小混混打好交道，再认混混的头目作“大哥大姐”，从此在校里校外便可以无所畏惧。

当时没有手机更没有微信，连 QQ 都要等到周末最后一节课下课铃响后，以百米冲刺的速度飞奔至附近的网吧霸占位置才能登录一下。要跟那些所谓的“兄弟们”联络感情，自然得靠写信。趁老师在讲台上滔滔不绝地讲课，我们就躲在高高的书堆后面匆匆忙忙地写信，再把信纸叠成心形或者三角形等各种各样的形状。下课后几个女生结伴假装去厕所，然后再把信偷偷塞给等待它的人，每天都乐此不疲。

这种情况维持了很长一段时间，后来也许是我和阿温太过猖狂，那些成绩好的学生认为我们的这种行为对班集体造成了不良影响，便匿名举报了我俩与其他同学书信往来的事。我和阿温坐在政教处的椅子上，班主任和校领导轮流给我们做思想工作，我们相视偷笑，毫无悔改之心。

我从初一开始就暗恋学校里一个高大帅气并且篮球打得很棒的高年级男生H。H不是个好学生，打架逃课是常事，阿温跟他很熟并认他作了大哥。由于我平时跟阿温走得比较近，H也认识我，但我从未跟他说过话，连阿温都不知道我喜欢他。每天下午放学后，我就站在宿舍楼上看H打篮球。篮球场周围常常站着许多假装对球赛感兴趣的女生，但我知道，其实她们对比赛分数毫不关心，她们只是借着看球赛的名义去看H罢了。有时候，我能感觉到H好像也在看着我，但距离太远我又不敢确定，我常常在心里猜测他会不会也对我有意思。

我跟惠最能聊心事，她知道我暗恋H，晚上我会在被窝里和她偷偷讨论与H有关的事。她怂恿我去跟H表白，但我始终提不起勇气。

雨是我们当中最能紧跟潮流的人，有哪些出名的日韩组合，哪些歌手出了什么新歌，跟她聊上几句就能知道。她的父母住在县城，周末放假她便有很多机会去县城，每次回来，她都能给我们带回许多潮流的娱乐杂志和明星海报。雨的劲舞团玩得也特别溜，MP3里下载了许多劲舞团里的歌。趁其他人午睡的时候，我们经常一人一个耳塞，静静地享受耳朵里“爆炸”般的音乐。

艳在我们“斗梦战”这个组合里起到了队长的作用，我们有心事都喜欢找她说。每到周五，大家的饭卡里都没钱了，只有她的卡里还有“余粮”，大家就拿着她的饭卡去学校的小卖部一顿猛刷，然后拎着一堆泡面和零食回寝室，几个好姐妹一起边吃边聊，生活丰富又有趣。

那时候的日子真是干净啊，就像一张白纸，我们一起用青春在纸上描绘了一幅色彩斑斓的画，画里有彼此最稚嫩的脸庞以及最灿烂的笑容。

到了初三，我莫名地想当个好学生，当个笑不露齿的淑女。因为H跟我表白了，虽然他已经毕业了，但他在给阿温的信里说他从很久以前就开始喜欢我了。

我们关系的转变是从他毕业的前一个星期开始的，那时他从教学楼上把写着他电话号码的纸条扔下来给我，纸条上的那串数字很快就被我背得滚瓜烂熟。

女生在自己心仪的对象面前会想要变温柔，于是我开始跟一些所谓的好学生走得很近。我给“斗梦战”的成员们传字条说我想退出“斗梦战”，下课后她们都来劝我，我鼻子一酸，眼眶也随即泛红。此时的阿温已经被调去普通班，她彻底放弃了学习，后来她连中考都没有参加。

从那时开始，大家不再像以前那样打闹，“斗梦战”成员之间的关系也开始渐渐疏远了。

我毫无悬念地没有考上重点高中。这倒无所谓，但普通高中也要去县城里上，这意味着我跟H将要相隔两地。

高中没什么特别聊得来的朋友，没有找到像“斗梦战”成员那样可以一起与之疯狂的人。高一的时候我和两个同桌玩得很好，后来高二分班，大家到了不同的班级，感情也慢慢变淡了。

高中的校园氛围显得异常压抑，周围的人似乎永远在写练习题，我找不到可以说话的人，经常严重失眠。我想念“斗梦战”的姐妹们，那段时间我似乎总能听见我们留在初中校园里的笑声。那些笑声回荡在校园的上空久久没有消逝，就像夏天的风吹动树叶的声音，纯净得不带一丝嘈杂。那时候的我们是多么不懂事，可是却一直在不懂事中幸福着。

想到这里我常常就笑出了眼泪。我们都回不去了，每次只要想到那些年华都已消散在风里时，我就会哭。枕头上有大片大片眼泪的痕迹，就像刚下过雨的路上积起的一摊摊污浊的水。眼泪发霉的味道很恶心，我不得不换一个新枕头。

我依然不爱学习并且偏科严重，语文和英语闭着眼睛考都不用担心，数理化套着公式算我也是永远学不会。更搞笑的是，高二选文理科的时候，我毅然选择了理科，理由只是因为文科要背很多书，我不想背书。

高一接近尾声的时候，我跟H再没有了联系。我恋爱了，跟一个更高、更帅、更优秀的男生。如果说H是黑暗里的精灵，那么他就是阳光的化身。跟他去逛县城美食节的时候，我分别买了一本韩寒和郭敬明的书。让我没想到的是，这两个作家后来对我的人生理想产生了重要的影响。

后面那两年，我的时间被分为上、下课两部分，上课的部分用来写文章写小说，下课的部分用来谈恋爱，学习似乎从来没有这两件事重要。

高考没能带给我任何压力，我时而努力，时而自暴自弃。高三时我和我的同桌开始频繁逃课去网吧，或趁其他班上体育课的时机混进人群，在学校小卖部一边吃零食一边看电视。晚自习就溜回宿舍睡觉，但通常也是睡不着，只能躺在床上继续胡思乱想。

宿舍楼里出奇的安静，隐隐约约地能听到校外传来断断续续的钢琴声，很好听、很熟悉的旋律，但一直不知道它的名字。几年后，偶然从一部国产偶像剧中得知，那首钢琴曲叫《梦中的婚礼》，我为之深深着迷。

高考如期而至，高三大部分学子都有命悬一线的感觉，我却感到从未有过的放松。那几天我睡得比以往任何时候都要踏实，午休时也破例睡着了。

高考成绩可想而知，没有任何“意外”发生，我没有考上大学，也没有听任何人的意见，而是自己选了个大专院校去读英语专业。如果按卷面分数来评定一门学科学得好坏的话，那我的英语学得比语文还要好。后来交了学费才知道自己报的是成人大专，需要再参加一次成人高考。

当时年纪小涉世不深，加上刚从小县城来到大城市，对城里的“套路”毫无防备，对成人大专也没有什么概念。后来才知道成人专科毕业证书是一种比普通大专毕业证书还要低级的证书。我所选的英语专业只有六个人，因为人数太少无法开班，我被迫转学越南语——一个我从来没想过会选择的专业，一种我毫无兴趣的语言。

我不会逼自己去做任何不感兴趣的事。我又开始频繁地逃课找兼职，在外做兼职的时间比坐在教室里的时间还要长。一直到专科生涯的最后一年，我没有再交学费，也没有打算再拿毕业证，于是瞒着父母把一万多元钱花光之后就出来工作，在学校的日子从此宣告结束。

这样想来，我的学生时代已经离我很遥远了，林清玄在书里写道："所有时间里的事物，都永远不会回来了。"那种遥远不是说花多长时间乘坐某种交通工具就能到达的距离，而是空间与空间的距离——我们无法从一个空间进入到另外一个空间的距离。

学生时代的爱情在踏入社会后已全部夭折，友情也几乎过期变质。"斗梦战"几乎不会被我们记起，我和雨、惠彻底失去了联系。

雨喜欢美发，初中毕业后一直在各个发廊之间游荡，同时喜欢把自己的头发染成各种各样的颜色。一直到我去外地上学，我跟她都还有联系并且也见过几次面。后来不知从什么时候开始，我发现自己再也进不了她的QQ空间，从此我们再也没有说过一句话。

惠跟随父母去了城里读高中。刚上高中那会儿我们还经常聊QQ、打电话，我说真想念以前我们五个在一起的日子。她说她剪了个“锅盖头”，同学们都笑话她。她还说自己钱不够花，开口跟我借了一百元钱，我二话不说，周末立马去银行给她转了过去。我们都觉得这份友情一定可以维持，下次见面肯定可以像以前那样没心没肺地笑，但从初中毕业到现在，我们连一面都未曾见过。

上了高二后，惠突然不再跟我联系，我给她打电话她不接，发信息她也不回。我从她老乡口中得知她父母离异，她深受刺激，开始经常跟一些小混混们混在一起。我给她写过一封信，发表在QQ空间里。我在信里写道：“你是一尘不染的天使，我不忍心看你坠落凡间。”她在评论区里给我留言：“很多事情都是始料未及的，只要开心就好，其实我到现在还不相信有什么事情会是永远的，亲情、友情、爱情都有可能会失去。”

我无言以对，终究我们还是到了无话可说的地步。

唯一值得庆幸的是，我跟阿温和艳还有联系，但是见面的次数都不多。艳很早就结婚生了小孩，没多久又离了婚；我和阿温恋爱无数次，但都无法修成正果，我和她至今单身。

如今十多年过去了，我还是经常梦到这群可爱的人，梦里大家似乎还是像以前一样，一起开心一起笑。但很多时候我梦见惠，她都面无表情，也不跟我们说话，我害怕这样冷漠的她。

开始有多美好结局就有多悲伤，“斗梦战”成了我心里一段难以启齿的回忆。分道扬镳是不可避免的，每个人都有自己的路要走，有些路会有人陪，有些路只能一个人走。生命虽然很长，但很多人注定不会再见了。

棋 子

“我像是一颗棋 / 进退任由你决定 /
我不是你眼中唯一将领 / 却是不起眼
的小兵……”

棋　子

许棋应该是陈夏爱过的最渣的一个男人吧。那年她 22 岁，在认识他之前，她还是一个对爱情有着美好憧憬的正常姑娘。

那年冬天，陈夏去了那个遥远的城市上班。她性格有点慢热，很难一下子跟公司的人打成一片，大家看她总是一副清冷孤僻的样子，也不怎么主动找她说话。但有一个人从她上班伊始就一直对她照顾有加，这个人便是许棋。他加了她的微信之后，每天在微信上各种跟她自来熟，他帮她叫外卖，他以命令的口吻逼着她吃饭。

陈夏一开始觉得莫名其妙，虽然她知道跟同事之间联络感情是正常的，但他也不必表现得如此热情，这容易让她往别的方面想。

那也不能啊，她曾仔细打量过许棋，他不是她喜欢的类型，虽然他长得还可以，个头也不矮，但是他太瘦了，行事作风像个孩子，她更喜欢稳重一些的男生。

但也许是因为陈夏长时间缺乏关爱，她对这种“不怀好意”的关心竟莫名有些感动，已经很久没有人这样叫她按时吃饭，关心她的生活起居了。女人受不了男人的关心，而女人一旦接受了这种关心，在其他事情上就会不好意思拒绝。

俩人的关系发展得极为神速。陈夏就住在许棋楼上，他经常有事没事上来敲她的门，而且来的时候全身只穿一条大短裤。陈夏一开始觉得挺尴尬，这么厚脸皮的人她还是第一次见，但后来看多了，她也就免疫了。

有一次晚上他从陈夏的房间离开后，给陈夏发了一条微信：“小样儿，我还是赶紧下来吧，看把你吓的。”

陈夏不甘示弱，回了他一条信息：“有本事上来就别下去。”这句话后来成了她跟许棋发生关系的导火索。两分钟后，他穿着大短裤又上来了，并赖在她床上，死都不肯走。没发生事情是不可能的了，直到俩人躺下来聊天时，陈夏才知道许棋比自己整整大了九岁，可他看起来也不过是二十多岁的模样。她突然觉得许棋长得真挺帅的，她对他有了一点点感觉。这应该算正式交往了吧，她想。在她的潜意识里，只有打算跟对方交往她才会做那件事，虽然那时候她刚上班还不到十天。

之后的那几天，许棋每天都上楼来找她，但在公司的时候，他总是刻意跟她保持距离，生怕别人看出他们有什么别的关系。陈夏没多想，觉得他可能是不想别人说三道四。

这时候的她已经开始有点依赖他。

可是热恋期还没过，许棋就开始冷落她。一个星期后，许棋连续好几天没上来找她，她有点儿想他。陈夏下去敲他的门，他还在睡觉。她走进他的房间坐到床上，环顾了一下四周，发现椅子上有一件女人的外套。陈夏有种不祥的预感，问他："你屋里有女人？"他用被子蒙着头，含糊着说："哪儿来的女人啊，你想多了。""那椅子上的衣服哪儿来的？""那是我前女友留下的，我跟她早就分手了，东西还留在我这里。"

陈夏信了，她说："那你睡吧，我先上去了。"第二天，陈夏在楼上听到许棋房间里传来他跟女人吵架的声音。她愣了，原来他这几天真的跟另一个女人在一起，而且就在她楼下。

她发微信质问他，趁着那个女人出门的空当，许棋终于上来跟她解释。他说："我也不知道她为什么突然从深圳回来，我不让她到我这里来，她偏要来，说没地方住。""那你就让她住下了？还这么明目张胆，你有没有想过我的感受？"陈夏觉得很委屈，她觉得自己分明是被人耍了。

许棋说："她住一段时间就走，我欠她太多，不能丢下她不管。"陈夏后来知道，那个女人为他打过两次胎，身体一直不好。许棋一直在尽力弥补自己对她造成的伤害，他迁就她，任由她对自己撒泼，他觉得自己能还一点儿是一点儿。陈夏心里难过，但同时她又觉得那个女人确实为他付出很多，他对她好也是应该的。那就等他还完债吧，她可以等也可以忍。

许棋有时候会趁那个女人不在的时候上来找她。那个女人回这个城市来上班，看样子是要住很久。陈夏每次想到他每天跟别的女人住在一起，心里就堵得慌。虽然他一再强调说他对她已经没有感情，她也经常听到他们在房间里争吵，但陈夏看得出来，他对她关怀备至、爱护有加，说只是为了还债，谁信？

大家都是上晚班，许棋每天晚上下班都骑着自己那辆摩托车去那个女人的公司接她回来，风雨无阻。陈夏一个人走路回寝室，觉得心酸又孤独。有时候在回去的路上，刚好碰到许棋载着她回来，那个女人双手抱着他的腰，把头靠在他背后，他们的样子像极了一对热恋中的情侣。许棋也看到了陈夏，但他装作不认识她，骑着车从她身边飞奔而过，她觉得心很疼，回去后不停地掉眼泪。换作是以前，她是绝对不会忍受这种屈辱的，她长得又不差，追她的男生从街头排到巷尾，她凭什么要在这里受气？然而许棋每次总有办法让她心甘情愿接受这种不平等条约，她总会在他的糖衣炮弹下选择屈服，她狠不下心。

陈夏以为自己最大的威胁是许棋房间里的那个女人，她在等他和她闹掰，然后自己可以正大光明地和他在一起。但她还是把许棋想得太简单，也把爱情想得太简单。

月底的时候，部门去火锅城聚餐，所有人都来了，许棋没有到。陈夏当时和经理以及经理的老婆同台。在吃饭聊天的过程中，经理的老婆突然开口问许棋去哪儿了，今天怎么没看见他？经理说他回家看儿子了。当时他们都不知道陈夏和许棋的关系。

听到这里陈夏顿觉五雷轰顶，许棋有儿子了？他到底还有多少事情瞒着她？

吃完火锅回到宿舍后，许棋给她发来了微信："亲爱的，有没有想我？"陈夏没有回复他。没多久他又发来一条："你为什么不问问我今天聚餐为什么没有去？"她很冷静地回了他："我知道你回家看儿子了。"他感到事情不妙，并极力向她解释自己没有儿子。她觉得可笑，都这个时候了他居然还在骗她，她到底爱上了怎样一个男人？后来在陈夏的逼问下，许棋终于承认自己已经结婚并且有了一个两岁大的小孩，但随即他又说了一大堆自己跟现在老婆感情不好之类的话。陈夏说："你不用说了，我辞职吧。"许棋急了，问她："有必要这样吗？"她没有回复他，过了一会儿，他又发来一条信息："要走也是我走，我不想害你丢了工作。"

陈夏在崩溃的边缘，她对许棋又爱又恨，他总是在打了她一巴掌后又给她一颗糖吃，让她永远没有办法离开他。晚上许棋从家里赶回来，去了陈夏的房间抱着她各种哄骗，他说他跟他老婆是奉子成婚，但俩人性格不合，最近一直在闹离婚，只是孩子太小，他不舍得让孩子这么小就没妈妈。

陈夏觉得他态度诚恳，又信了他的话，最后她没有辞职，许棋也没有。她像中了邪那样一次又一次地原谅他给自己带来的伤害。她被迫当了小三，不对，连小三都算不上，她最多只能算小四！她从没想过自己的爱情有一天会发展成这样，她被无辜地卷入这场混乱的战争，无法全身而退。许棋颠覆了她这二十几年来的爱情观。

许棋是厉害的，他可以在三个女人之间应付自如，用自己的办法来维持着天平的平衡。每个女人都知道他除了自己之外还有别的女人，但每个女人却都心甘情愿留在他身边。陈夏对许棋的期盼，由最初的希望他和房间那个女人分手变成了他和家里的老婆离婚，她惊讶自己竟然有这种不道德的想法。

许棋对陈夏还是挺好的，他对每个人都好，让每个女人都觉得他最爱的人是自己。当然他房间里那个女人只知道他家里有一个老婆，并不知道他在楼上还有一个陈夏。接近年尾的时候，许棋开始减少到楼上来找她的次数。陈夏那些天生病一直咳嗽，请了假一直待在宿舍。许棋只叫她记得吃药多喝水，一次也没有来看过她。有一次他说要向她借几百块钱，陈夏说你自己上来拿。他上来之后拿了钱就走，对她的病情不闻不问，她心凉了半截。

后来陈夏的病一直不见好，吃药不管用还咳出了血。她在陌生的城市里忍受着病痛给身体带来的折磨，但她身边没有一个可以依靠的人，悲凉之意顿时油然而生。陈夏后来不得不去附近的诊所里挂了点滴，她一直很怕打针，一说到打针整个人就很紧张，以前她曾有过晕针的经历，不到万不得已她从来不会选择去打针。

针刚扎进去没多久，她就感觉面部有点发烫发麻，再过一会儿她面部开始肿胀，话都说不清楚。医生说她药物过敏，赶紧给她拔了针。医生说她过敏很严重，让她赶紧找人来照顾自己。她不得已打了电话给许棋，那个女人当时应该在许棋旁边，他故意用很生疏的语气跟她说话。陈夏在电话里几乎用恳求的语气叫他过来。他犹豫了一下，最终还是答应了她。几滴眼泪顺着她的眼角流下来，她觉得很难受，不知是因为身体过敏导致的，还是因为对许棋已经失望至极，她觉得自己可以死心了。

陈夏辞职了，她的身体情况让她没办法继续上班，她要回家安心养病。许棋给她发来一个难过的表情，并问她："真的就这样走了吗？"他始终没有上楼来看过她一眼，即使就这么两步路的距离，即使她过两天就要离开这个城市。陈夏用阴阳怪气的语气回复他："心死了，还留在这里干什么？"她走的那天，许棋发来信息问她："要不要帮你把东西搬下楼？"陈夏冷笑，难道他不应该送自己去机场吗？她觉得哪怕是死，她都不想再有求于他。于是她回了他一句不用了，就叫住在隔壁的男同事帮她把最大那个行李箱搬下了楼。她一个人打车去了机场，逃离了让自己三观尽毁的狗血爱情。

陈夏回家后，没有再给许棋发过一条信息，她在等他主动联系她，如果他也不找她，那便是真的结束了。大概一个多星期后，许棋终于给她发来了微信，他发了一张自己手指受伤的图片给她。她问他怎么了？两个人又开始像什么都没发生过一样，开启了打情骂俏的模式。陈夏其实很擅长冷战，她可以永远不主动跟对方联系，但前提是对方也不能跟她联系，否则就会被她视为对方先投降，她接受这种投降。

过完年后不久，许棋回到了他居住的城市上班，回到了他老婆孩子身边，跟那个之前和他同居的女人也基本断了联系。他每天发他儿子的照片给陈夏看，她爱屋及乌，竟觉得他儿子有几分可爱。他还一直跟陈夏说他跟他老婆之间的事，他们三天两头吵架，他老婆动不动就跟他闹离婚。陈夏不知道他说的是真是假，也许离婚不过是他为了让她等下去才编造出来的谎言。陈夏从来没有问他什么时候离婚，她只是在等，但不见得是在等他离婚，也许是在等自己失望攒够了再离开。

许棋说很想念她，叫她过去找他。五月份，陈夏内心怀着小期待，去了他所在的城市，那是他们分开四个月之后第一次见面。到了车站后，他没有来接她，他给她发了酒店地址，让她自己打车过去。白天许棋就在酒店里陪她，但为了怕他老婆起疑心，晚上他得回家吃晚饭、在家睡觉。陈夏自己一个人出去吃快餐，吃完就回酒店自己一个人在空荡荡的房间里睡觉。两天后，她要走，许棋没有送她去车站，他说他没睡够，觉得好累。陈夏委屈的泪水随即喷涌而出，她自己打车去了车站，发誓以后再也不会来。

后来许棋跟他老婆矛盾升级，他老婆带着儿子去了深圳。陈夏又看到了一丝希望，又屁颠屁颠跑过去找他。

这一次，她终于忍不住问了那个问题："你到底爱不爱我？"

许棋嘴里叼着烟不紧不慢地说："你知道吗？我好些年前爱过一个妓女，我把她带回家，家里人都不同意我跟她在一起。后来我跟她搬出去住，每次吵架的时候她就重操旧业，但是我都忍了。有一次吵得厉害，她回了她老家，我坐了几十个小时的火车去找她，问她我们真的没可能了吗？她说没有了。不久后她嫁人了，从那以后爱情什么的对我来说都是狗屁。你现在问我爱不爱你，我真的不知该怎么回答，我觉得我谁也不爱，又或许我对爱的理解跟你早就不同了，我的爱里有一大部分都是责任。”

陈夏听完他的叙述后，竟莫名理解起他来。她一直都知道他是有故事的，他并不是表面上那种看上去轻浮花心的人，否则她不会对他沉迷这么久。但那都是他和别人的故事，她和他的故事该如何收场仍是个未知数。

许棋后来去深圳把老婆孩子接了回来，他老婆回来后继续无休止地跟他争吵。陈夏那两年里去找过他无数次，但每次她都只能在房间里吃外卖，自己度过漫长的夜晚。她觉得自己的失望就快攒够了。

过年的时候，陈夏在微信上认识了一个男的，那个男人说对她有感觉，希望她能试着跟他交往。人说忘掉一个人最好的方法就是时间和新欢，现在新欢来了，她可以试着把对许棋的感情转移到这个男人身上。

但不到两个月，陈夏跟那个男人就一拍两散了，像谁也没有认识过谁一样。

又是一年五月份，陈夏去了许棋附近的城市上班，他终于主动来找了她一回。但在他动身之前，她却意外发现他老婆又生了一个女儿。她在翻朋友圈的时候，看到她跟他共同认识的一位朋友在他的动态下评论，评论里提到他有了女儿。陈夏一颗心又开始向下沉，她又去质问了许棋，许棋却一直坚持说没有。

后来许棋来了，他在陈夏面前明目张胆地跟他老婆用语音讨论女儿名字的事，还问她哪个名字更好听。陈夏觉得他竟如此不把她当回事，这些年积累的失望终于在此刻爆发，她该狠下心来做决定了。但她没有当着许棋的面发作，等他走后，她在微信上跟他摊牌。

许棋对她动了怒，他说："你不要动不动扯到孩子身上，孩子是无辜的，你为什么不能大度一点？"

陈夏觉得很可笑，这些年里她忍受着他在自己眼皮底下跟别的女人同处一室；忍受着他在家里有老婆儿子；忍受着他对自己忽冷忽热的态度。她像一颗棋子一样被他玩弄在手中，自尊被践踏得一无是处，现在他居然来问她为什么不能大度一点。无所谓了，不大度就不大度吧，总之她要离开了。这些年来她一直试图想找到他爱自己的证据，却总是会发现他不爱自己的痕迹。她甚至为他找借口替他开脱：他也许是太忙了，他一定是太累了，他可能真的忘了……总之她就是不敢承认许棋不爱自己。现在她终于愿意接受这样的事实，他就是不爱她，再等多久都不会爱。

大吵一架后，她跟许棋互删了微信，之前他们互删微信后过几天就会加回来，但这次不会了，她心里清楚，这次是真的结束了。她从 22 岁熬到 26 岁，青春都快熬完了，她该为自己做打算了。

跟许棋分开后，陈夏像变了一个人，她的爱情再也无法像以前那样纯粹。她拼了命努力赚钱，她觉得那些不切实际虚无缥缈的东西都不如钞票来得实在，在爱里得不到的安全感，可以全部用钞票来满足，爱情什么的就随它去吧，她不需要了。

半年多以后，许棋又开始跟她联系。他说他跟他老婆离婚了。陈夏去翻看了他的朋友圈，看到他这段时间以来的模样。他比以前更瘦更憔悴了，眼睛里也布满了血丝，陈夏终于觉得他开始变老了。

许棋说自己那段时间不懂事，做了许多荒唐的事，问她能不能再给他一次机会，弥补自己的过错。

陈夏说不可能了，回不去了。

之后她大哭了一场，曾几何时她无数次盼着他有一天能对她说出这样的话，但当他真的说出口的时候，她对他的感情早已不复存在，那些曾经得不到的温柔现在对她来说如此廉价，她跟许棋之间的缘分到此结束。

追梦人

“让青春吹动了你的长发让它牵引着你的梦 / 不知不觉这城市的历史已记取了你的笑容……”

2017年2月份，我终于去了云南。云南是我和老娜计划了好久要去的地方，这次终于去了，但不是跟老娜一起去的。

当时我和杨小姐才认识三个多月，我们在同一个地方上班，我比她早进公司一个多月。一开始我觉得自己跟她应该擦不出什么火花，因为我粗枝大叶、心直口快，而她小家碧玉、低声细语，我们很可能会互相嫌弃。但正是这个一开始不被我列入至交名单的人最后却成了我这几年来联系最多的朋友之一。

迄今为止，我人生中算得上真正意义上的旅行并不多，之前跟另一位朋友去过北海，但是收获不大。去云南只是我的无心之语，但是杨小姐却显得异常兴奋，她是个爱玩的人，她说要不咱俩一起去吧。我本想拒绝，因为云南之旅是我跟老娜共同约定的，我只想跟最好的朋友一起去，我跟杨小姐当时的交情尚浅。但最后，我还是应允了她，于是结束了那边的工作后，我和杨小姐就立刻动身了。当时我刚刚结束一段恋情。

我们从广州火车站出发，全程坐了二十七个小时的火车，我这辈子都没坐过这么久的车。其实我们想过坐高铁或者飞机，但也许是文艺书籍看得太多，总以为坐绿皮火车更有感觉。手里捧着书，塞着耳机，头靠着车窗，你就是忧郁的文艺青年。然而伪文艺青年也不是那么好当的，因为现实总是跟想象的不太一样。

我俩刚到火车站就后悔了，火车站内人满为患，大家都挤来挤去，整个候车厅毫无秩序可言。我和杨小姐都属于有点儿自命清高的那一类人，这样的场合让我们觉得自己的女神形象全数尽毁。算了，忍忍吧，可能上了车就好了。但我又错了，车上更挤，过道挤，座位也挤。我和杨小姐体型正常还偏瘦，但我总觉得两个人坐在一块儿，就是挤，座位也很硬。

接下来的二十七个小时就可以想象了，没有心思看书也没有心情听音乐，一整晚坐也不是躺也不行。中途对面的乘客下车后，我们才各自缩着躺在座位上迷迷糊糊睡了一觉，整个过程简直令人啼笑皆非。为什么人家可以文艺而我们却如此狼狈不堪？大概是别人选择了软卧，而我们买了硬座。

第一站是去大理，托熟人找了个便宜的客栈住下来，总算是可以开始策划下一个出行方案了。

二月份的云南，天气依然寒冷，白天虽然有太阳，但温度仍然很低，而且风非常大。我和杨小姐为了能拍出好看的照片，硬是要在十多度的天气里只穿一条不算太厚的裙子加披肩，结果便是两个人在风里冻得瑟瑟发抖。常有路人问我们冷不冷？当然冷，然而女孩子为了美可以忍受的东西超乎你的想象。

我说不出这次旅行的意义，我希望行程可以慢一点，慢到可以把一整天的时间都拿出来用在两旁开满油菜花的马路上晃悠。大理的阳光干净又明媚，心里所有的乌云都能被这日光照得豁然开朗，阳光、公路、鲜花，这样的风景在大理太常见了。因为太常见所以也常常被忽略，很少有人会留意这些普通的风景。

我们每天像完成任务一样去这个景区或那个景区，过程我都没有来得及细心体验，只知道每天晚上回到客栈，手机里就多了许多当天的照片。晚上洗澡后就躺在被窝里心满意足地筛选照片，再把这些照片发到朋友圈。

杨小姐每天都发很多条朋友圈，除了她的自拍还有我俩的自拍。我也发，出门旅游不发照片，那跟在家睡觉有什么区别？哪怕玩得不是很尽兴也要在朋友圈里营造出一种“我现在过得很好”的假象，可是到底有多好，只有自己心里清楚。

现在的人都热衷于打造自己的朋友圈，却很少有人花心思打造自己现实中的生活。有时候你只是想把看到的风景都跟一个人分享，但直到现在你也没能找到那个能和你一起欣赏世界的人。

我从不羡慕那些每天发朋友圈晒照片，迫不及待想告诉所有人自己过得多好、生活多么丰富多彩的人。在我看来心里没有安全感的人才会大张旗鼓地找存在感，内心充实快乐的人从不需要世人的追捧与艳羡。正如朋友圈里流行的那句话，当一个人不再频繁地发朋友圈，那他一定过得很快乐，因为想说话的人就在身边。如果身边没有能说话的人，就算把喜悦和委屈告诉全世界，也未必会有人懂你。我和杨小姐都属于心里没有安全感的人，但我想她可能比我严重，因为那些天她发的朋友圈比我还多。

下一站是丽江，没有什么特别的事情发生，依然是走马观花。别想着会有什么艳遇，大多数时候的艳遇其实只是个坑。民风没有想象中那么淳朴，古城也没有想象中文艺，一切都很商业化。哪怕是坐在酒吧里听歌手唱歌听到流泪，也还是会感受到酒吧里满满的套路。如今几年过去了，让我印象最深刻的竟是跟客栈老板和他朋友吃的那顿辣到流泪的重庆火锅。

在丽江重复了几天在大理拍照的日子，行程接近尾声。我和杨小姐各自订了飞往自己家乡的机票，分道扬镳。

直到现在我还是觉得云南的那次旅行没有任何意义，除了手机里那些照片和干瘪的钱包能证明我出过一趟远门，我没有任何刚刚完成了一趟旅行的感觉。长期以来的焦虑和不安没有得到放松，失恋后的心情也没有得到修复，其效果还不及当年我跟老娜在学校附近的草坪上坐一整天来得开心。那时候笑是真的笑，出去玩是真的玩，不是为了拍照发朋友圈。

我想起在大理的餐馆里看到的一本书《一个人流浪何必去远方》。大概说的是，旅行并不是非要去很远的地方，闲暇的时候去每天都路过但没有停留的地方看看，也许能发现平时没注意到的那些美好，甚至能收获许多小惊喜，这样也挺好，不是吗？

我大概明白了那次云南之行几乎一无所获的原因，可能是太快了吧。以前总想着什么事都要快，快些长大快些毕业快些找工作挣钱。后来才渐渐明白，所有的快都是为了有朝一日能够重新慢下来，慢得安心踏实。

云南还是很美的，只是我们欣赏它的方式不对，在我心里，一直觉得旅游和旅行的概念是不一样的，虽然两者大致上意思一样，但我总觉得前者注重的是游，后者注重的是行。带着游玩的心情却想获得行走般的思考，那几乎不太可能。这样想来，我更喜欢的应该是旅行，而不是旅游。我总觉得有一天会再来云南，而且会在这里待很久很久，并且不再自拍。

我和杨小姐在大理和丽江都遇到了许多定居当地的外地人，有的靠开客栈为生，有的靠当导游或做些别的工作维持开支。闲的时候就在院子里逗猫弄狗或抱着吉他在长椅上弹唱。这是我想要的生活，没有大富大贵，却把日子过成了诗。

放下的人是在生活，放不下的人只是活着。我已经想去生活，奈何我现在只能在某个城市里活着。我不敢让自己慢下来，我怕慢了赶不上自己心中还在苟延残喘的卑微梦想。

从云南回来后，我和杨小姐就成了交心的好姐妹。我们其实是那种极为相似的人，我们有共同的价值观和人生观，很多事情总是能一拍即合。杨小姐并非任何时候都是单纯柔弱、楚楚可怜的模样，她会在心里盘算，在权衡利弊之后再决定放弃鱼还是熊掌。她一方面和前任保持着联系一方面又谈着一个她心里并不承认是自己男朋友的“男朋友”。她说其实她更喜欢前任，因为他各方面条件更符合她和她妈妈的要求。但我看得出来她也很喜欢现任，因为现任对她也很好，只是现任的条件没有前任好，她妈妈可能不喜欢，所以她逢人就说自己单身。

其实这种现象一点儿也不稀奇，不是吗？人都是自私的，都会为自身利益考虑。你可能也会背着现任偷偷去跟家人安排的对象相亲，在对比了家庭、相貌、人品等各种各样的条件之后，最后再决定跟谁在一起，我们在谴责别人的同时不要忘记自己其实也是这样的人。

人都有两面性，我和杨小姐在彼此身上找到了自己的另一面。她“人来疯”的那一面渐渐被释放，跟她相处，我找到了自己内心柔软的那部分。杨小姐见证了我跟那个人从最初谈恋爱到分手的过程，只有短短两个月，没有任何征兆也没留下只言片语，属于“昨天是恋人，今天是路人”的情况。但是我还是很受打击并且大哭了一场，一度想不通为什么这样的事总是发生在我身上。

那段时间杨小姐一直陪在我身边，身边有人陪的好处便是没有太多时间去胡思乱想。难过有时候并不是因为自己多爱对方，只是不甘心自己成为被抛弃的一方罢了。那些经历到现在都已经不值一提，之前的撕心裂肺也都成了轻描淡写，所有的事情都会过去。

云南之行后到现在，我没有再去过任何一个地方旅行，下一次旅行也不知道会在何时何地。我总是在纠结着旅行的意义，总是想着靠一场旅行来改变些什么，就像喝酒的人，总想着靠酒精来忘记一些事情，但有什么用？酒醒之后该记得的还是照样都记得。

旅行本身可能根本就没有意义，更不可能给生活带来任何改变，没有人可以永远在路上，总有一天你要回来面对一地鸡毛的生活。所以，不必事事都想着有意义，当你觉得自己被困在一个地方，生活沉闷又憋屈的时候，或许你该拓展的是自己心灵的空间。

飞鸟与鱼

"什么天地啊 / 四季啊 / 昼夜啊 / 什么
海天一色 / 地狱天堂 / 暮鼓晨钟……"

曼珠第一次见到沙华是在马来西亚的一个酒吧里。那时候她利用旅游签证去了马来西亚的酒吧做驻唱歌手，工资不高，她有时候会去跟客人喝喝酒，挣点小费什么的。

那天，她像往常一样坐在酒吧的吧台，她环顾四周，眼睛在四处搜寻适合自己的“猎物”。很快她便发现了舞台对面角落里的一桌客人，直觉告诉她，有戏，便起身走过去打了声招呼，选择在一个看得顺眼的男人旁边坐了下来。

这一桌只有三个人，都是男的，其中有两个戴眼镜，一个偏胖一个偏瘦，胖的这个戴着一顶鸭舌帽，一副中年油腻男人的样子，看起来应该很有钱。瘦的这个长相憨厚老实，脸上皮肤暗淡没有光泽，没什么钱的样子。而曼珠旁边这个男人，看着年纪不大，头发浓密，着装休闲，身材结实，气质沉稳，这个人便是沙华。

他们在玩着曼珠看不懂的扑克牌游戏。沙华偏过头看了一眼坐在自己旁边的她，继而又转过去继续玩牌，他似乎对她不感兴趣。她也知道自己当天的打扮确实不够惊艳，她长相甜美，黑色长裙不适合她。

曼珠无视沙华的冷漠，她脸皮厚啊，她得想办法让“猎物”掉进自己的陷阱里，这才是重点。

几杯酒下肚后，她硬着头皮要沙华教她玩他们正在玩的扑克牌。沙华虽然一脸高冷，但还是愿意给她讲解游戏规则。曼珠暗暗自喜，“猎物”开始上钩了。

这个游戏其实很简单，只要会斗地主基本上也就掌握了九成。难度系数对于每到吃饭时间就拿起手机打开“欢乐斗地主”的她来说就像“1+1=2”，她很快就融入到了他们当中。

那天曼珠喝了很多酒，同桌的人似乎也都喝多了。但别人的喝多最多只是有点兴奋、有点晕眩，她的喝多就是喝到狂吐，全身无力站不起来的那种。她不记得沙华他们到底是什么时候走的，她只记得自己在酒吧的厕所里吐了好久，等神志清醒后才摇摇晃晃走回公寓，妆都没卸，倒头就睡。

哦，对了，小费她赚到了，沙华给了她三百元钱，酒没白喝。

和沙华的第二次见面就在两天后，还是在同一间酒吧，同一个位置，同样的三个人。

一回生二回熟，曼珠见到他们很自然地就走过去打了招呼，很明显她没有上次那样拘谨。趁着酒意她还主动跟沙华搭讪，她问他“有没有女朋友？做什么工作？住得远不远？”别误会，她问这些并不是真的想知道答案，她只是想让对方误以为她对他有意思，顺便提高自己的存在感，让他可以记得住她。

沙华没有正面回答这些问题，一心只顾着手里的牌，正眼都没有瞧她一下。他觉得这个女人挺烦人的，可是又不好意思赶她走，那就把她晾在一边让她随意吧。

临走前，曼珠提出加沙华的微信，沙华不情愿地把手机掏出来打开了二维码。她后来才知道原来他们三个是酒吧的常客，基本上每个星期都会来一两次，每次来都是三个人一起，都是坐同一个位置，酒吧里的人称他们为“三剑客”。

互加了微信后，她有时候会以维系客人的心态向沙华问候，但他通常大半天才回复或者干脆不回。每次见面她都质问他为什么不回信息，他只说自己不经常用微信便搪塞过去。好吧，这个理由勉强能接受，马来西亚确实有很多人不使用微信，他们习惯用另外一种类似微信的聊天软件。

第N次见面之后，沙华开始留意起他身边这个女人。曼珠其实长得很漂亮，虽不是那种第一眼看上去很惊艳的人，但是越看越好看，笑起来也很甜，他开始对她有了改观。

沙华喜欢看她喝酒喝到半醉的样子，脸颊绯红，不知道是腮红打太多还是喝酒喝的。她经常在半醉半醒的状态下拉着沙华的胳膊要跟他干杯，迷离的双眼里一闪一闪的像是有许多星星，看得他有点儿莫名地心动。

有一次沙华在酒吧待到曼珠快下班，他问她要不要一起出去吃个消夜，那是他第一次请她出去吃东西。她不太想去，但想到这些天他对她的捧场，又不好意思拒绝，那便去吧。她说吃完消夜你得送我回来，他说好。

吃了什么她已经不太记得了，两个人都喝了酒，这顿消夜吃得也是匆匆忙忙，她觉得自己还没吃饱就被他催上了车。车开了一会儿，她发现周围没有熟悉的建筑，也没多想；可能是抄近路，她是路痴，认路她不在行。但很快她就觉得不对劲，车子眼看就要开进一个地下停车场，而她住的地方没有地下停车场。

她慌了，忙问沙华："这是哪里？"

沙华说："这是我家。"

"为什么要去你家？快送我回去。"

他没搭理她，熟练地把车停进车位，然后熄火。

“到了，下车吧。”他一边解开安全带一边说。

“送我回去。”曼珠态度坚决。

“我今天有点累，不想开车了，明天再送你。”

“你要是不送我，那我自己打车走。”她觉得她今晚将会失去这个客户，但没办法，她不是那种为了钱什么都可以做的女人。

沙华见搞不定她，便动手要去解她的安全带。曼珠紧紧握住安全带，并把身体侧向一边不让他靠近。一举一动都是在提醒他：“你离我远一点。”

看到曼珠反常的举动，沙华有点不解。根据他这些天以来的观察，他觉得她是喜欢他的，不然为什么他每次去酒吧，她都要坐在他身边，还时不时地尝试跟他有肢体上的接触，还问他有没有女朋友？

曼珠也不明白沙华怎么会突然带她回家，虽然见过这么多次面，但她根本没察觉到他对自己有意思。她甚至觉得他有点讨厌她，比如有时候不小心碰到他的手，他会立刻把手缩回去。跟他讲话的时候，他也从不拿正眼看她，回答她的问题也总是漫不经心，要不是她一直以来脸皮厚，两人可能连普通朋友都做不成。这个平时对她一脸冷漠的男人今晚突然要带她回家？

沙华见曼珠对自己如此抗拒，不免有些失望。两个人在车里坐了一会儿，你看看我，我看看你。

“我可以亲你一下吗？”沙华突然问。

“我有口臭。”曼珠连忙用手捂住嘴巴。

“没事，我不介意。”没等她同意，他的身体已经往她这边靠过来。曼珠没有躲避，也没有迎合，她只是一动不动地坐着，任由沙华的吻落下来。

他的唇在她唇上只停留了两秒钟，她发誓在这两秒钟之前她对他绝没有任何非分之想，但从这一刻开始，她发现自己动心了。

“没有口臭啊。”沙华说。

“你喜欢我吗？”曼珠问。

“不喜欢你为什么要带你回家？”

“可我一点儿也感觉不到你喜欢我。”

“我比较木讷，不太会表达。”沙华没有说谎，他在其他方面脑子转得挺快，唯独感情方面，他一句花言巧语都不会说。

曼珠回去后一直对那个蜻蜓点水般的吻意犹未尽，她享受跟沙华之间的这种暧昧。他们双方心里都明白，火苗一旦被点燃，要么其中一人把火扑灭，要么两人一起燃烧殆尽，而他们都倾向于后者。

一个星期后，曼珠就去了沙华的住所。下班后，她直接跟着他上了车，去哪里大家都心照不宣。沙华答应她只聊天睡觉，什么也不干。

“真的只是聊天睡觉，什么也不干吗？”她反复问他。

“放心，你不同意我是不会强求的，我不喜欢勉强。”

沙华住的是一间小小的公寓，面积不大，只有一个房间。但是麻雀虽小五脏俱全，屋里被打扫得一尘不染，而且所有东西都摆放得井井有条。这让平时杂乱惯了的曼珠站也不是坐也不是，眼前整齐的一切完全刷新了她对眼前这个男人的认知。

沙华告诉她这个房间是他自己设计的。曼珠问：“你是做室内设计的吗？”“差不多吧。”他说。但具体是不是，他也没说清楚。

睡觉的时候，她刻意往床边挪了挪，让中间空出一大片位置，好让自己觉得这样离他比较远。

“要不要把这个放在中间隔一下。”沙华拿起一个长长的圆形抱枕往他和曼珠中间一放。

“好啊，楚河汉界，你可别越界。”

两个人躺在床上有一句没一句地聊着，似乎都没有要睡觉的意思。

过了一会儿，他突然翻过身来将她压在身下。

“你越界了。”曼珠说。她没有反抗，内心还有点儿小期待。

“楚河汉界是可以越界的，你不知道吗？”

说着他的吻便落了下来，又霸道又缠绵。

曼珠保留着最后一丝清醒，制止了他想要进一步的双手。

“为什么？”沙华问。

“你答应过我不要的。”

该死的答应，他为什么要答应？他看得出来她明明也很想，可是为什么？沙华没有再问，他是个言而有信的人。

曼珠一直睡不着，她在心里想这算不算是出轨？不算吧，女人都觉得只要还没有攻破最后一道防线，就不能算是出轨。是的，她当时在国内是有男朋友的，但她并不爱这个所谓的男朋友，两个人的三观差别也很大，跟他在一起只是因为对方对她很好。

但是第二天一早，该发生的事情还是发生了，曼珠管不了那么多，她就是喜欢沙华。

沙华去洗澡，他把手机丢在床头，音乐播放器里放着陈百强的《等》。人有时候会因为一首歌、一本书对一个人好感倍增。曼珠是广东人，这首歌是她最爱的粤语歌之一。这样想来，眼前这个男人应该跟自己有很多相似的地方。

她不知道自己跟沙华现在算是什么关系，她没有问，他也没有说。在他们近乎相同的观念里，正式的关系对他们来说似乎并不重要。

沙华的生活很规律，他每周二下午要跟朋友去打羽毛球，周五或周六会跟朋友出去喝酒，周日要开车回老家跟父母吃饭。而曼珠每天上班到凌晨三四点，白天几乎都是在睡觉，有时候睡到下午五六点刚好能赶上跟沙华一起吃晚饭，每个月那几天休息时间全是在沙华的公寓里睡觉。

她的签证有效期只有三个月，现在已经过去一个半月了。她其实只是在熬，熬到签证到期就回国，所以在这段时间里她不逛街、不健身、不跟同事聚会，她不做任何取悦自己的事，除了和沙华在一起。

对了，直到现在曼珠也不知道沙华的名字叫沙华，她后来也问过，却被他反问："这很重要吗？"

这确实没那么重要。很多人都以为谈恋爱要清楚地掌握对方的信息，比如名字、年龄、星座、身高、工作、家庭情况。但其实这些真的不重要，对曼珠来说，对方能否让她上瘾才是最重要的，沙华就是那个让她上瘾的人。

沙华并不知道曼珠在国内有男朋友，他对她其实也隐瞒了一些事情，他们各自有自己的秘密，谁也没打算说也没必要说。他们都希望这场恋爱能有结果但同时又都觉得不可能有结果。曼珠迟早要回国，他在等她开口说想留下来，她在等他给她一个留下来的理由。

曼珠经常问他：“到时候我回国了，我们是不是就不会再见面了？”

沙华说：“我会去找你。”

“能去多少次？”

“去到你不想再见我为止。”

她心里很开心但总觉得世事难料，有些事情不能抱太大的期望。她一直以为两个人在一起只要感觉到位就可以了，但她突然又觉得那种正式的恋爱关系其实也很重要，这至少能让她知道自己该去还是该留。

在曼珠即将回国的那段时间，“三剑客”来酒吧的次数突然变少了。随之变少的还有沙华联系她的次数。那些日子对她来说异常漫长，她觉得似乎很久没见到沙华了，她想见他。

“我今晚休息，想去你那边。”她主动提出要求。

“我明天有事情要做，要早起，改天吧。”沙华拒绝了她。

“我们现在算是什么关系？”

“你说呢？”

她不再说话。她想起了一句歌词“开始总想到先发制人，对方到最后变猎人”。如果这场恋爱是场游戏，从目前来看明显是沙华赢了。她很可能是遇到了感情骗子，他玩腻之后准备把她甩开再换一个新的猎物。

在曼珠回国的前三天，沙华发现了她的秘密。

那天，她去洗澡，把手机随手扔在了床上，这时候国内的男友给她发来了微信视频的请求。沙华看了一眼，头像是个男的，他不由自主地想到了一些事情。他知道曼珠的手机从不设密码，他也没有接听，等对方挂断后，他拿起她的手机点开了对话框，神情严肃。

她从浴室出来，看到他一脸不悦，问他怎么了？

“原来你在中国有男朋友。”沙华冷冷地看向她。

“你偷看我的手机。”她有点慌。

“你为什么要骗我？”

“我不爱他，我跟他迟早要分手的。”

“但是你并没有分，他还在等你回去。”

“我只是没来得及说。”

“两个多月了，要说你早就说了，你是想等这边工作结束，顺便跟我一拍两散，回去后继续跟他在一起。”沙华没有勃然大怒，他很冷静。冷静到即使被欺骗也无法看出他情绪上有任何波动，这让她觉得自己在他心里根本无足轻重。

“把衣服穿上吧，我送你回去。”

一路上谁也没有说话。曼珠试着去解释，但他没给她任何回应。她突然发现自己其实早就爱上了他，但很明显沙华并没有爱上她。

那两天，他们互相没有说一句话，也没有发过一条信息。曼珠虽然觉得自己有错，但他无所谓的态度让她觉得很不甘心。她整晚都盼着沙华能在酒吧里出现，但他始终也没有。直到她回国的前一天晚上，她终于忍不住先给他发了一条信息。

“我今天最后一天上班了，你过来吗？”

她觉得这个节骨眼上了，他应该会来吧，是分是合，总要说明白。但依旧是漫长的等待，沙华并没有回复她的信息，更没有来捧她的场。曼珠到处追着酒喝，在台上唱着叶倩文的《珍重》：“不肯不可不忍不舍失去你，盼望世事总可有转机……”唱到一半她突然冲下台，跑进厕所一顿狂吐，眼泪直流。

吐完就清醒了，下班回到公寓，她开始收拾行李，收拾完天就亮了，连睡觉的时间都没有。她打电话叫了出租车后，又给沙华发了一条信息：“我去机场了，你来送我吗？”

退出对话框，她点开另一个对话框，给沙华那个戴眼镜的瘦子朋友也发了一条信息：“他是不是有什么事，这几天他都不回信息。”曼珠当然知道沙华因为有事才不理她的概率几乎为零，她只是不愿意相信就这样结束，像一首戛然而止的歌。

她不喜欢车站和机场，因为在她的生命里，这似乎总是意味着离别。她跟很多人在车站或机场互相告别过并相约着下一次相见，但很多时候，那些告别都成了和对方见的最后一面，相忘于江湖比相互怀念更轻松。

直到办完登机手续，沙华都没有给她回信息，也没有来见她最后一面。在排队登机的前几分钟，她的手机突然响了，是沙华那位戴眼镜的瘦子朋友发来的。

“他没事啊，可能是回老家看儿子了。”

犹如晴天霹雳，曼珠感到自己的心在不断地向下沉。她反复阅读手机里的那一行字，希望是自己看错了又或是对方输错了，但，的确没错。

曼珠自嘲般地嘴角微微上扬，她把手机塞进包里，像个没事人一样把机票和证件递给工作人员。找到自己的位置坐好后，她打开微信给沙华发了最后一条信息：“原来大家都一样。”消息一发送成功，曼珠便将沙华的账号拉入了黑名单。接着她打开国内男友的微信对话框，输入一条：“我们分手吧。”然后以同样的操作，将他拉入黑名单。关机，睡觉。

她突然觉得很累，靠在座位上很快就睡了过去。她做了一个很长的梦，但醒来就不记得了。总之，她需要一个新的开始。

天下有情人

“爱是一生一世一次一次的轮回 / 不管在东南和西北 / 爱是一段一段一丝一丝的是非 / 教有情人再不能够说再会……”

沙华其实看到曼珠给自己发的信息了，但那些天他心情太乱，没办法给她任何回复。没错，他是结过婚的男人，还有一个三岁的小孩。但在认识曼珠之前，他已经离婚一年了，也没再谈过恋爱。他想过要把这些告诉曼珠，但一直也没找到合适的机会。

曼珠回国前的那段时间，沙华的前妻突然回来跟他争夺孩子的抚养权。沙华一直在老家忙着打官司，根本没有时间去见她。他想等官司打完后，再跟她坦白，他相信她能接受自己有孩子这个事实。可就在这时候他却突然发现曼珠在国内已经有男朋友了。这两件事碰到一起给了他一个双重夹击，他内心烦躁且思绪混乱，他需要静下心来好好想一想。

他知道她哪天回国，坐的是哪个航班，但那几天他一直待在老家，陪在儿子身边，无法去送她。那就让她先回国吧，过段日子再去找她好好谈谈，他答应过她，会去中国找她。

后来孩子的事情处理得差不多了，沙华对曼珠隐瞒自己有男朋友这件事也想通了。他觉得自己也有事情瞒着她，双方算是扯平了。可是当他再去联系她的时候，才发现自己所有的联系方式都已经被她拉黑了。被拉黑的，还包括他的朋友以及她在马来西亚加过的所有人，他找不到任何跟她有关的痕迹，就像她从未出现过一样。

后来沙华从朋友口中得知，曼珠在回国当天就已经知道他有孩子了，她最后那条微信原来是这个意思。他当时脑子里要想的东西太多，根本没有时间去细想那句话，可她不该给他一个解释的机会吗？

曼珠走后，沙华很长时间都没去过她之前上班的那个酒吧。他并不是害怕触景伤情，只是单纯的不想去，也没有任何兴趣。别的酒吧也很少去，他似乎变得不那么爱玩了。这跟曼珠多少都有些关系，他心想自己跟她应该不可能再见面了，但一辈子那么长，缘分这个东西谁又能说得准？

曼珠回国后又继续在酒吧唱了半年的歌，后来她拿着这几年做歌手攒下的积蓄到大理开了一间小清吧。清吧的风格以港式怀旧为主，墙上贴满了她喜欢的演唱会镜头和电影镜头，还有一些她欣赏的国外歌手的照片。

店里只有曼珠、三个服务员和一个厨师。经过两个月的试营业，店里的生意逐渐走上了正轨。旅游区的人流量大，但是大家都是待几天就走了，因此熟客比较少，事也没那么多。

小店面要想有大利润是不可能的，但维持正常的运营基本没什么问题。自己做生意最大的好处便是时间上比较自由，晚上关店的时间也早，不用像以前那样熬到大半夜。第二天睡到自然醒，时间也还停留在上午。

曼珠开始养猫了。那是一只经常在她店门附近出没的流浪猫，两个月大，身上的毛是白加黑灰色的。她带它去宠物店洗了澡，打了疫苗，给它买了猫粮、猫砂和猫背包。白天闲的时候她就逗逗猫，或在风和日丽的下午背着它在马路上闲逛，日子好不惬意。

生活看起来简单又美好，心情也变得平静了许多。但她有时候又觉得好像缺了点什么。她明白，缺的是那个可以跟她一起欣赏美景的人。

她偶尔还会想起沙华——那个在遥远国度的男人。可想又如何，她再也联系不上他了，她在拉黑他所有联系方式的时候，就已经做好了这辈子再也不跟他见面的打算。

这两年里她其实重新谈过一次恋爱。从马来西亚回来后不久，她就跟一个经常来酒吧玩的客人好上了。怎么说呢，那个男人很平凡。相貌不算出众，身材也一般，有房有车但没有存款，喜欢嬉皮笑脸，看起来不够稳重。

曼珠对他并不感兴趣，但单着也是单着，有人照顾总比没有好。

那个男人知道曼珠不爱他，这在平日的相处里就能感觉到。曼珠对他忽冷忽热，甚至直接当着他面告诉他自己对他感觉不是很强烈。但他也不介意，他觉得感情可以慢慢培养，不求一见钟情，但求日久生情。所以每当她对他表现出不屑的时候，他总是试着用自己的热脸去贴她的冷屁股。

她看得出来他的卑微，但女人大多不喜欢这种卑微的男人，女人喜欢能凌驾于自己之上的男人，眼前这个男人显然无法征服她。

曼珠辞掉酒吧的工作回家后，跟那个人的恋爱便不了了之了。没过多久她便发现自己被他删了微信，她不悲不喜，心里没有任何感觉。从那之后，她再也没谈过恋爱，似乎一下子对男人失去了兴趣。

她还是想念沙华，她觉得自己很难再找到像沙华那样灵魂和肉体都能和自己交融在一起的人。从当时在机场收到他朋友发来的那条微信来看，沙华必定是已经结了婚有了孩子。加上那些天他对她发给他的信息完全置之不理，她有理由想到他是想就这样一刀两断的。让她死心回国是最好的办法，毕竟他不可能放弃自己的家庭选择跟她在一起。

刚回国的那两个月，曼珠对沙华结婚有小孩这件事一直耿耿于怀。她觉得哪怕他肯说一句抱歉，她都可以不用如此难受。但他愣是什么也没说，连个标点符号都没有给她发。后来她想通了，这其实不过是报应罢了，想来自己当时也背叛了男友，也算是渣女一枚，渣女遇上渣男，天经地义。

曼珠在大理不乏追求者，有个男人每天都来光顾她的店，只为看一眼她忙碌的身影。那个男人叫林奕彬，是个事业有成的广东男人，三十来岁，离过婚，没有小孩。曼珠有时候觉得自己是不是真的老了，为什么这两年来碰到的都是这种结过婚的三十岁以上的男人，可是自己才二十六岁，老吗？

林奕彬第一次走进曼珠的清吧，就被店里的装修风格深深吸引了。后来发现老板娘是个漂亮的年轻女人，又跟他是老乡，他便深陷其中无法自拔，心里总有一种他乡遇故知的感觉。

林奕彬最开始是跟朋友一起出来旅游的，本来只打算在大理停留几天，遇到曼珠后，他选择留下来。他的朋友早就走了，他一个人在大理已经待了将近三个月。

即使偶尔有事情处理需要飞回广东，他也是办完事后立刻飞回大理，然后天天去曼珠那里喝酒，通常一坐就是一整晚。他不打扰她，就是看着她忙，曼珠较闲的时候就会坐下来，跟他喝几杯聊几句，两人渐渐成了好朋友。

曼珠知道林奕彬对自己的心意，但她现在不会轻易接受任何人。她现在心里装着的全是自己的店和各种兴趣爱好，腾不出半点儿地方来装下一个男人。

白天林奕彬经常约她出去喝咖啡或去人少的地方散步，两个人在老电影和老音乐上常常能聊上大半天。

她对林奕彬的感觉不差，有时候能感觉到他跟沙华是同一类人，但又觉得他跟沙华哪里都不一样。没错，林奕彬是个暖男，他对曼珠很细心，他能从她的眼睛里看出她前一天晚上有没有哭过。但沙华不一样，他冷的时候会很冷，热的时候会很热，唯独就是没有那种暖暖的感觉。曼珠迷恋沙华这种极端的冷热态度，也许她有些轻微的受虐心理。

林奕彬一直琢磨着要送她一件礼物，但又不想送金银珠宝、口红、香水这些俗气的东西。绞尽脑汁后，他送了她一支钢笔和一个皮质笔记本。当曼珠把礼物拆开的时候，脸上洋溢着藏不住的惊喜，她当时连看林奕彬的眼神都开始放光。她并不是买不起这些东西，只是觉得能有人懂得自己的心头好是件特别值得高兴的事情。

林奕彬说："我知道你平时喜欢写写字，钢笔是我叫朋友从国外带的，笔记本是我亲自去店里挑的，我想你应该会喜欢。"

曼珠当然喜欢，当天晚上她就要请林奕彬吃饭。林奕彬能感觉到她对自己在感情上的微妙变化，忍不住在心里给自己送对礼物这件事上点了一个大大的赞。

林奕彬觉得应该趁热打铁。几天后，他故意喝了很多酒，然后等曼珠下班，跟她回了她的住处。曼珠糊里糊涂地就收留了他，她没有拒绝林奕彬，她把他想象成了沙华，然后闭上眼睛享受两个人的结合。

他们之间的关系也算是水到渠成。你有情我有意，有些感情是没必要去控制的。虽然林奕彬的情比曼珠的意要多出许多，但这并不影响两个人在一起。

曼珠的确有点喜欢林奕彬，但那种喜欢之情增加得很慢很慢，她担心这种喜欢无法增加到能让她坚持跟他走下去的地步。林奕彬是个好男人，在她身上也花了很多心思，她害怕自己有一天会对不起他。她太了解自己了，假如有一天有一个更能跟她情投意合的人出现，她一定会丢下林奕彬。

那个情投意合的人在她和林奕彬正式交往一个月后就出现了，他不是别人，就是沙华。

八月份的午后，曼珠和林奕彬正在洱海边人少的地方漫步。她听到背后不远处有几个人正在谈笑，听口音应该是新加坡或者马来西亚人。起初她没太注意，后来声音越来越近的时候，她似乎听出了些什么。她停下来，难以置信地回过头。

是那三个人，在最左边的那个就是她曾日思夜想的异国男人。他的样子几乎没变，穿着大短裤和白色T恤，头发又短又精神，他便是沙华。沙华也认出了眼前的人就是曼珠，原本还在说笑的脸突然凝固在空气中，眼里还带着些许重逢的惊讶以及一丝燃烧的火苗。

曼珠这两年的变化挺大的，也许是自己当了老板娘的原因，她的气质沉稳了不少。加上平时喜欢练瑜伽，身材也比以前更加纤细。那天她穿着一件浅黄色的吊带长裙，头发高高束起，裙摆和发梢在风里飘啊飘。沙华爱极了这个重逢的画面。

在这相视的几秒钟里，他们之间没有任何对话，但彼此却在对方的眼神里获取了一些只有他们自己才能读懂的信息。沙华的朋友在旁边起哄，说这世界上竟有如此奇妙的缘分，曼珠和沙华会心一笑。沙华注意到了她身边的男人，林奕彬也感觉到对面这个人将会是他追求曼珠以来遇到的最大劲敌。

晚上曼珠没有去酒吧，她跟沙华约在附近的西餐厅见面。有些事情她虽然已经知道真相，但她还是想听他亲口说出来。

沙华说："你这两年变了不少。"

曼珠说："你一点儿都没变，除了有些憔悴。"

"我当初有些事情隐瞒了你。"

"我知道。"

"你不知道，我早就离婚了。"

听到“离婚”这两个字时，曼珠怔了一下。她曾因为沙华结婚有小孩这件事介怀了很长一段时间。那段时间她每天睡前都想很多事情，流很多眼泪，想不通就头疼，想通了心又疼。现在他突然对她说他离婚了，那之前那些眼泪和心痛到底算什么？

沙华说了许多曼珠从未知道过的真相，她这两年来的心结突然全部被解开了。原来他并没有为她在国内有男朋友这件事怪她，也不是不想去机场见她最后一面，那些她以为概率为零的事真的发生了，他是在乎她的。但他为什么偏偏在这个时候出现？这让她又开始为另一件事心乱如麻。

“我很开心你能告诉我这些，可是现在说开了又有什么用呢？很多事情早就已经改变了。”曼珠有些无奈。

“今天在你身边的那个男人就是当初你对我隐瞒的人吗？”沙华问。

“当然不是，我早就告诉过你，我根本不爱他，回国后我连见都没去见他一次。”

“那今天这个是另一个？”

她低着头，吸了一口杯子里的橙汁，点了点头。

沙华就像一只泄了气的皮球，本来他以为他们能在这种情况下见面是命中注定，可是很多事情似乎已经无法挽回了。

曼珠问他：“这两年你谈过恋爱吗？”

沙华说：“不算谈过，因为没有爱。”是的，曼珠回国半年后，他又开始混迹于各种各样的酒吧。也认识过许多别的女孩。但这些女孩都没能引起他跟她们交往的欲望，两年来，唯一让他念念不忘的人，只有曼珠。

他们一直聊到凌晨。林奕彬知道曼珠去见沙华了，他知道她和沙华之间有一些故事。那天晚上他一个人喝得醉醺醺地去了她的住处。林奕彬想碰她，可是她不肯。他质问她：“你什么意思？”她说有点累，想睡觉。后来两个人在房里大吵了一架，林奕彬夺门而去，那是他第一次冲她发这么大的脾气。

曼珠不知道为什么会这样，她居然很本能地拒绝了林奕彬。她无法在知道沙华就住在附近的情况下跟另一个男人做那种事，可明明现在她和林奕彬才是情侣啊。

第二天酒醒后，林奕彬回想起前一天晚上发生的事，觉得自己有错，便立马打电话跟曼珠道歉。曼珠知道自己也有些过分，并没有怪他，两个人又像什么都没发生过一样有说有笑。从表面上看算是和好了，但实际上却无法如初，两个人心里都各自装着心事——跟沙华有关的心事。

沙华他们打算在大理待五天，那几天他和曼珠每天都见面，但从没做过什么越界的事情。林奕彬心里不高兴但又无法阻止曼珠去见他，否则以她的性格可能又会跟他大吵一架。林奕彬想，反正沙华在这儿也待不久，等他回马来西亚后，自己和曼珠就还可以像以前一样生活。

可是就在沙华回国的前一天，林奕彬却因为公司突然有急事要处理，需要马上飞回广东一趟。临走前他对曼珠说："你不会做对不起我的事的，对吧？"她点了点头。林奕彬轻轻地吻了一下她的额头，拿着行李出了门。

林奕彬走后，曼珠跟沙华他们一起去了大理附近的双廊。路上她很刻意地跟沙华保持着距离，沙华也不敢跟她有太多的肢体接触。她现在是有男朋友的人，他不能陷她于不义。

晚上他们来她的酒吧喝酒，她又跟他们玩起了当初他教她的扑克牌游戏。曼珠故意喝了很多酒，她希望趁着酒意去做一些她在清醒状态下不敢做的事。

关店后，沙华早已经喝得晕乎乎的，他拉着曼珠的手说："跟我走。"曼珠想到了林奕彬回广东前对她说的话，但此时在酒精的作用下，她已失去了理智。她想拒绝沙华，但身体却不受控制地跟着他走。她还是无法对他说"不"，他还是能让她上瘾。

那天晚上他们又纠缠在了一起，她已经很久没有这样释放过自己，她的肉体和灵魂可以跟沙华完全融合在一起，对她来说，这才是爱情。

沙华回马来西亚的时候，她去机场送了他。

沙华问她："你跟那个人之间应该怎么办？"那个人指的是林奕彬。

曼珠说："这你不用管，我自有打算。"

林奕彬从广东回来后，曼珠就把自己和沙华的事情告诉了他，她不管这会对他造成怎样的伤害，她只觉得自己应该告诉他实话。林奕彬什么也没说，当着她的面很平静地将她的微信拉黑，删去电话号码，就像她当初对待沙华那样。接着他订了第二天回广东的机票，这次离开大理后，他再也没回来。

曼珠知道自己对不起林奕彬，她再一次因为沙华而背叛了自己的男朋友。但她是个不会压抑自己内心情感的人，她为什么要忠于一个自己不爱的人而不忠于自己内心真实的渴望呢？

曼珠去旅行社办理了去马来西亚的旅游签证。一个星期后，她在没有通知任何人的情况下一个人飞往了沙华所在的城市。在飞机上她突然想到，自己居然到现在还不知道沙华的真名是什么。但那不重要，重要的是她要去见他。

傍晚沙华下班回家的时候，在地下车库看到了曼珠。

曼珠问他：“你到底叫什么名字？”

“我叫沙华。”

往事随风

“你的影子无所不在 / 人的心事像

一颗尘埃 / 落在过去飘向未来 /

掉进眼里就流出泪来……”

我从小睡眠就不好，稍微懂事一点后，我心里就开始想很多事情：害怕家里的老人突然离世；担心晚归的父母遭遇意外；心疼窗外面叫声凄惨的小猫挨冻受饿；觉得路上被人追打的狗很可怜……总之每天睡觉前总有很多不好的场景在我脑海里浮现，一边想一边哭，哭累了才睡得着。第二天睡醒，眼睛都是肿的，跟人讲话都不敢正视对方的眼睛。

这种情况在高中的时候出现得尤为频繁，当时又正谈着恋爱，想的事情就更多了，担心对方会变心，担心这段感情无疾而终。这些消极的想法直接导致我从外表看起来就是个悲观厌世的人，也直接导致了我的早熟。

从很久以前开始，我就已经不再喜欢追求新的东西，当然科技方面的东西除外，这里的“新东西”是指网络新词、新电影和新歌。

我是个挺奇怪的人，当然这不是我自己认为的，是身边的朋友都这么说。我觉得不应该用“奇怪”来描述某种事物或某个人，我们觉得奇怪可能是因为我们没遇到过，没了解过，明明是我们孤陋寡闻却说别人奇怪。对我来说，“奇怪”是个褒义词，它代表我不一样，你不奇怪可能是因为你毫无特色，跟大多数人一样，并不是一件值得骄傲的事情。

我的奇怪主要表现为我是个跟不上时代的人。我不爱看花边新闻，也不关心哪个明星结婚了或是离婚了，我觉得这跟我没有关系。身边的姐妹都爱追赶潮流，爱刷抖音、爱买爆款、爱听新歌、爱看新剧、爱追“小鲜肉”……可我从不买热门博主推荐的东西，看的都是十几年前的电影和电视剧，手机歌单里几乎全是二十世纪八九十年代的歌。

我不知道她们是真的觉得新歌好听、新兴产品好用，还是觉得因为大家都这样所以自己也要这样，反正我不会强迫自己去喜欢我欣赏不了的东西。

有些东西你明明觉得不好，但为了追随大众非要逼自己去喜欢；相反有些东西你明明觉得很不错，但却害怕别人说你另类而不敢去接受它。我觉得敢跟别人不一样是一件值得自豪的事，一味地按大众的标准去安排自己的生活，太没个性。

我喜欢以前的作品，可能不是因为以前的东西有多好，只是因为那些东西最初在生命里出现，从某些方面来讲，它的意义会不一样。也不是说现在的东西不够好，或许是我已经过了欣赏它的年纪。说到底，我就是“懒”，“懒”得再去对频繁更新的时代产物作过多的思考。

年少的时候，我也是个爱追赶潮流的人，喜欢追求新的事物，喜欢听新歌、看新电影，喜欢认识新的朋友。可能经历的事情太多，现在反而更喜欢旧事物：喜欢土房子里老式的挂钟，喜欢用底片冲洗出来的老照片，喜欢我爸以前那台大大的录音机……其实应该说是怀念，真要让我用回这些东西，我可能也不习惯。虽然也有喜欢的成分，但喜欢不一定要使用，我可能就是喜欢看到它们摆在某个地方，蒙上灰尘和蜘蛛网，即使破旧不堪，却有灵魂和温度。

我现在也不喜欢认识新的人，还是因为“懒”，“懒”得花时间去了解别人，也“懒”得把自己的故事从头再说一遍让别人来了解自己。我真正能聊得来的朋友就那么两三个，但我觉得已经够了，我没有那么多时间和精力再去经营一些不必要的关系。有人说我孤僻，不愿意跟身边的人交流，殊不知交流太多便避免不了要说一些违心的话。对我来说，任何一句不是发自内心说出来的话都算是应酬，虽然这种应酬在生活中无处不在，但那些不必要的社交，我还是能不参加就尽量不参加。

有很多人问我，“你整天待在家里不无聊吗？”我想问：“跟一群合不来的人待在一起你不无聊吗？”内心不够充实的人才会把生活的乐趣寄托在一个人或一群人身上。人要学会自己跟自己相处，交流不一定只限于人与人之间，对我来说，人与物之间的交流有时候比人与人之间的交流更加舒适、愉悦。在家看书、弹琴、听音乐不好吗？为什么非要违背自己的意愿去努力合群？至少这些事情不会把别人的思想强加在自己身上，你也无须附和自己所不认同的观点。

我的“奇怪”还表现为我的“三观不正”，当然“三观不正”那也是别人说的，我觉得三观无所谓正与不正，只要我喜欢的那就是正的。每当在网上刷到关于夫妻离婚的文章时，评论下面大多是劝和不劝分的观点，只有少部分人觉得应该随心走，我就是那少部分人中的一个。感情方面，我向往不婚、丁克，我可以接受喜欢时随时随地的同居，不再喜欢时随时随地的分手。当然支撑这些想法的前提是自己的精神和物质方面都要绝对富有，否则有一天你一定会成为别人眼里那种没人要并且生活凄凉的女孩。

这样想来我真的开始有点担心，因为到目前为止自己的存款仍然是负数。两年前我拿出全部身家冲动地买了一个复式小公寓，说来特别惭愧，全部身家其实也没多少钱，首付不够还用到了爸妈一半的钱。十年房贷加上欠爸妈的钱一度让我有了找个有钱人嫁了的想法，当然有钱人不一定看得上我。

当初买房子的时候，因为银行流水问题，我不得已要在房产证上加上我妈的名字。说不得已当然不是怕跟我妈将来有什么财产纠纷，而是心疼爸妈那段时间不停在乡下老家和城里来回跑，就为了签一大堆用于买房的文件。看到他们疲惫的状态时，我自责到背过身去抹眼泪，一度恨自己不争气。爸妈对房子不是特别满意，但凭我当时的能力也只能这样了。身边很多人都说房子太小了，应该咬咬牙买个面积大的。我不作声，别人的看法我向来不在乎，说实话，我将来的生活过得如何，可能跟这些人一点关系都没有。

多关心一下自己内心真实的感受，少在意一点其他人的眼光，想想这些年为了面子你都遭受了什么。有些东西未必是自己真正想要的，不必为了要活得跟大家一样，煞费苦心地去追求自己能力以外的东西。

我其实已经开始向往安逸的生活了，这在我看来是非常可怕的想法，更可怕的是我还一事无成。这个时代发展太快了，快到每个人都跑得很累，每个人都不开心。信息化的时代，手机像一颗毒瘤那样长在每个人手中，切掉太痛，不切掉又会越长越大。我不愿意自己被手机害死，所以我重新拿起纸笔代替了手机。

你还是可以掌控自己的生活节奏的，你想写信就去写信，想写卡片就去写卡片，寄不出去就留给自己看。先找到自己的定位才能遇到那个与自己相似的人，这世界上多的是与你一样奇怪的人，总会有一个不赶时间的人愿意留下来，跟你一起过车、马、邮件的生活。

Forever

"I stand alone in the darkness / The winter of my life came so fast / Memories go back to childhood / To days I still recall……"

小姑其实挺可怜的，但人们又说可怜之人必有可恨之处，可我恨过之后还是觉得她的“可怜”比较多。

小姑二婚也有快十年的时间了吧，当时她三十六岁，在小县城的收费站工作，并在那里认识了一个年纪比自己小两岁的男人。男人是安徽人，职业是老师，鼻梁上架着一副教师标配的眼镜，高高瘦瘦的，为人处世不够机敏，但讲话语速快到常常被我们这些南方人要求重复一遍。

就小姑当时的条件来说，能找到像姑丈那样的男人算是不错了。毕竟自己也不年轻了，又不是国色天香，还离过婚，有一个小孩，这样的条件也没办法找到更好的依靠了。

小姑的事情我从很小的时候就开始听说了。她年轻的时候不学好，十六七岁就开始跟村里一个男人好上了，并且有了身孕。她搬去男方家里住下，但在孩子生下来之前他们就开始吵架，两个人都太年轻，不知道该如何承担一个家庭带来的责任。

小姑生了一个男孩，这个男孩，也就是我表哥，长大后同样成了一个不学好的人。表哥出生后没多久，小姑就三番五次跟那个男人怄气，然后回了娘家。可是娘家也不远，走几步路就到，那个男人就提着肉来叫她回去，说孩子哭着要吃奶。她回去后又三天两头跟他吵架，表哥从小就在这种父母分分合合的环境下成长，导致他后来在性格上有很多缺陷。

小姑和那个男人没过几年就离了婚。其实我不知道他们到底有没有领证结婚，分开后大家也曾想过为了孩子去试着重新开始，我记得我在小姑的房间里见过那个男人写给她的信，写了什么我记不清了，总之是一些挽留的话。但后来两个人还是有缘无分，双方都只顾着自己在外面逍遥快活，对孩子漠不关心。表哥在家跟着他奶奶生活，父母虽然尚在，却过起了没爹没娘的日子。

几年后，小姑又跟隔壁村的一个男人好上了，那个男人有点小钱，也离过婚，还有一个比表哥小一两岁的小孩。但他似乎没太把小姑当回事，小姑自己跑去他家里住了很长一段时间，后来又灰溜溜地跑了回来，村里的人都在背后对她说三道四。

后来她出去打工，回来的时候偶尔会给表哥带一些新衣服等物品。

表哥小时候是一个聪明的孩子，考试成绩一直名列前茅。但不知从什么时候起，他开始不学好，干起了偷鸡摸狗的事。小时候偷东西被抓到，别人跑到家里来向小姑告状，小姑一巴掌打在他屁股上，问他："以后还敢不敢？"表哥"哇"的一声哭了出来，说："你有什么资格打我？你从来就没管过我。"

表哥不仅偷别人家的东西，自己家的东西也偷，他还会偷我爷爷和我爸的钱。爷爷知道后会责备他几句，但很多时候爷爷都睁一只眼闭一只眼。爷爷其实很疼他这个外孙，有什么好吃的都要给他留一份。他大概觉得这个孩子身世可怜，他没学好不是他一个人的错，父母对他的不闻不问才是最大的错。

表哥后来在村子里出了名，谁家要是丢了东西第一个想到的就是他。跟他一起作案的还有他的堂哥，两人在一起合作屡屡得手。小姑为这件事三天两头打骂他，他每次都用同一句话来呛小姑："没钱当然只能偷东西，你跟我爸又不给我钱。"他喜欢跟她对着干，小姑希望他能学好，他希望小姑能给他更多的钱。

我小时候对表哥的印象也很不好，他老喜欢来我家到处翻家里的东西，或趁我们不在家的时候自己打开电视看，总之他那副鬼鬼祟祟的样子看起来极为讨厌。我心情不好的时候常常对他恶语相向，但他自知理亏，从不跟我争吵。

上了初中后，他成绩一直不理想，也没什么心思读书，念完初中后，就出去打工了。但表哥的烟瘾和网瘾很重，自己赚的钱常常不够花，他开始跟父母要钱，说自己没钱吃饭。小姑有时候会给他，但知道他把钱都拿去通宵上网后又是一顿臭骂。她开始找他谈心对他说教，但似乎已经太迟了，他早就有了自己的想法。在表哥心里，他的父母从来就没管过他，他从来就没感受过父爱和母爱，只有当自己做错事让他们丢脸的时候，他们才记得有他这么一个儿子。

小姑想尽办法找熟人帮他介绍工作，但他总是做不了多久就辞职不干了，工作换得比衣服还勤。后来他自己可能也累了，向小姑保证以后一定会好好工作，自己挣钱。

小姑介绍他去了自己远房表姐那里，但没过去几天，她表姐家就丢了钱，他们都怀疑是表哥干的。表哥一直坚持说钱不是自己拿的，但小姑不相信他。表哥生气自己的母亲竟如此不信任自己，小姑也对他恨铁不成钢，发誓以后再也不管他了，母子俩的关系就此决裂。

小姑觉得表哥已经长大了，这些年她努力去弥补自己对他造成的伤害，但他总是不能理解她，还对她怀恨在心。她觉得自己已经仁至义尽，她该为自己以后的人生做打算了，她需要一个新的家庭。

小姑后来跟那个安徽男人生下了一个女孩，表妹的出生对他们来说是一个新的开始，她和那个男人的家人对表妹十分宠爱。但在表妹出生后没多久，小姑就出了很严重的车祸。她在医院躺了两个多月，命是捡回来了，但有一边脸破了相，导致她现在一只眼睛大，一只眼睛小。

我当时正好放暑假，去医院照顾了她一段时间。表哥发来信息问我说："我妈怎么样了？"我说："挺严重的，你要不要来看看她？"他说："其实说实话，当我听到她出事的时候，我一点儿感觉也没有，她不关心我，我为什么要关心她？"

听到他这样说我其实挺难过的，他现在的样子并不完全是小姑造成的，每个人都要学会对自己的生活负责，日子过得不好就应该想办法把它过好，而不是一味地去怪谁。也可能是我没经历过像他那样不快乐的童年，所以才会站着说话不腰疼，毕竟每个人心里的苦都只有自己知道。

小姑出院后，就像变了一个人似的，话特别多。打电话跟她聊天能从二十年前的事开始说起，一两个小时过去了还没说完。我听得不耐烦了，就赶紧找借口把电话挂掉，我一度怀疑她是不是撞坏了脑子。

她还迷上了一些针织手工活，织完围巾织毛衣，织完毛衣织毛裤，总之能挂到身上的东西她都织了。织完了就发到微信群里展示，展示过太多后，大家都开始有点儿不爱搭理她。但不得不说她织的东西真的很好看，表妹从小穿的很多衣服都是她一针一线织出来的，我有一条大红色的披肩也是她织了送给我的，我很喜欢。

小姑一直是一个乐观的人，热情爱笑。那场车祸之后，她似乎看淡了许多事，从鬼门关绕一圈回来后，发现生活中那些琐事都不值得一提，别人异样的眼光和不好的评价她也都一笑置之。

我小时候不太喜欢她，她跟表哥的爸爸离婚后，就一直回娘家待着。当时我感觉她总是爱欺负我，命令我做很多我不想做但又不得不做的事情。在我心里，小姑有时候真是一个不太受欢迎的人。

表哥后来又开始跟小姑有了联系，没钱花了找她要钱。说到底毕竟是有着血缘关系的母子，不是说决裂就能决裂的。小姑给他钱的同时总不忘借机对他教育一番。表哥是恨她的，但是他不恨钱，这是她欠他的，他一直这么认为。

几年后，表哥生了病，每次见到他时，他总是在咳嗽，但他自己表现得很无所谓。大家给钱让他去买药治病，但这些钱最后都被他花在了网吧和卖烟的小卖部里。后来他的病情越来越严重，他爸不得不亲自带他去大医院检查。检查结果出来——肺结核，治了一段时间后，医生建议他们放弃治疗。他爸带他回了家，他每天躺在床上靠着氧气瓶度日。

过年我回家，村里人都说他快死了。我不相信，他只比我大两岁，这么年轻怎么可能会死。几天后，我和妹妹还有表弟去他家里看他，在院子里碰到他奶奶，他奶奶一见到我们，眼泪马上就流了下来，她一个劲儿地说："你表哥已经不成人样了，救不了了。"一看她这样我心里也跟着酸溜溜的。

表哥睡在一个光线昏暗的房间里，鼻孔里插着氧气管，每吸一口气，氧气瓶里就发出一阵沉闷的咕噜咕噜声。看到我们进来，他坐起身来跟我们说话。

说了什么我已经不记得了，只记得他因长年咳嗽导致声音很沙哑。看到他当时的样子，我既害怕又难过。“皮包骨”“瘦骨嶙峋”这样的词都不足以形容他那副模样，再想到他奶奶方才说的“不成人样”那句话，我不禁潸然泪下。

回来后，那段时间我频繁地在 QQ 上跟他聊天，跟他讨论一切能救他命的办法。

我问他：“为什么要在家等死？为什么不去医院？”

他说：“医院已经不收了。”

我说：“这家不收可以换另一家，总有一家会收的。”

他说：“我爸说医院已经说了没办法治了，再坚持下去只会耽误他出去做工的时间。”

我说：“那我找你妈去。”

于是我打电话给小姑问她：“我哥现在这样，你们真的不打算治了吗？”

她说：“医院都放弃了，还怎么治？不是我们不治，是他自己放弃自己的身体，之前给他钱治病，你问问他都把钱花哪儿去了？”说着她又开始从二十年前的小事情开始一路数落起表哥，顺带着数落了表哥的爸爸。

我没有心思听她讲这些是非对错，我只说：“我哥快死了，我只想救他，如果他现在去住院，你能不能照顾他？”

她决绝地说：“不能，他爸不会让我去，我也有自己的事情要做，你觉得我狠心也没办法，你哥那个病治不好。”说着说着，她开始在电话那头哽咽起来。

那一刻我突然能体会到表哥这些年来的心境，在父母心里，他的生命竟比不上他们各自的工作重要。外人都在想方设法地挽救他，他的父母却如此轻易放弃。

绝望不是因为身体的病痛，而是因为内心没有支撑自己坚持下去的信念。

后来我在某个筹款平台上替表哥发起了一项筹款。本来想着用这些钱再送他去医院，但发现自己其实是异想天开。筹到的钱不多，我也无法自作主张带他去医院。后来我把这些钱当作抚恤金给了他爸，他的病情一天天加重，大家都不再做无谓的挣扎，眼睁睁地看着他躺在床上等死。

表哥常常因为呼吸困难而难以入睡，他每天跟我聊天聊到大半夜，一边喊着难受，一边说着小姑的不是。我不知道他们之间到底有什么深仇大恨，在这个节骨眼儿上还不忘互相怨恨。

我当然更同情表哥一点，他是被无辜卷入的受害者，他的父母把他生下来却对他不管不顾。也许缺乏关爱是他自我放弃的最终原因，但童年遭受到的排挤又何尝不是罪魁祸首呢？我至今仍记得他小时候跟他奶奶一起住在舅舅家，跟舅舅的小孩吵架被对方喊着要赶他出门的情景。这是我奶奶跟别人聊天时我在旁边听到的闲话，我自己想象着那个小孩对他说出这句话时的画面，他当时心里该有多委屈？

临近清明节的时候，我回家了，一路上都在 QQ 上跟表哥聊天。他说他现在在医院，情况更严重了，已经来了好几天了。接着他又说了很多，最后他跟我说自己看到了一道白光。在到村口的时候，我问他是不是快不行了？他没有回复。

我又给他发了几条信息，仍是一点动静也没有，但他的头像还一直亮着。回到家没多久，就从医院传来消息说他人没了。我一时间不知该做何反应，良久之后才找了个没人的地方掩面痛哭起来。

这一天终究还是来临了，我不知道他在死去的那一刻究竟是痛苦还是解脱，没有一个死去的人能活过来告诉世人他的感受，我再也没能等到他的回复。

几天后，也许是他平时用的那部手机没电了，他的 QQ 头像终于暗了下去，再也没有亮起。那段时间我时常点开对话框，想象着他会不会突然上线给我发信息，然而奇迹并没有发生。

表哥走后，小姑跟她第一任丈夫在这个世上唯一的牵连也断了，她终于可以完全切断前半生那些纠葛去好好过自己的后半生了。很多人都说她自私无情，但有情如何无情又如何，不都结束了吗？我当然知道她心里肯定不像表面那样若无其事，她也许曾趁着四下无人大哭过很多回，但死去的人已经死去，活着的人不还得照样活着吗？

失去了一个儿子，小姑把全部的重心都放在了小表妹的身上，她似乎终于懂得如何去做一个合格的母亲。听说她现在时常受委屈，她在那个遥远的城市被婆家嫌弃和排挤。有一些难听的话她听不下去的时候就自己出门转一圈，想通后就去菜市场买了菜回家继续生活。

究竟是死去的人命苦还是活着的人更命苦？我不得而知。

有时候我还是会点进表哥的QQ空间去看一看，空间里最后几条心情写的全是他当时躺在床上痛苦的呻吟。那一年他二十六岁，生命永远停留在那个阴雨连绵的季节里。如果真有轮回转世，那便希望他下辈子能有一个幸福美满的家庭，做个健康向上的好青年。

你的样子

“ 那悲歌总会在梦中惊醒 / 诉说一定哀伤过的往事 /
那看似满不在乎转过身的 / 是风干泪眼后萧瑟的影子 /
不明白的是为何人世间 / 总不能溶解你的样子 / 是否
来迟了命运的预言 / 早已写了你的笑容我的心情……”

记得小时候，爸妈经常一大早就出门干活，家里没人做饭，妈妈就叫我带妹妹回外婆家。外婆家也在村里，走路几分钟就到，我妈嫁给了同村的我爸，名副其实的“肥水不流外人田”。

从我记事起，外婆就一直一个人生活。外公去世早，我从没见过他，只听别人说他是一个小有文化的人。后来大舅结了婚，有了表弟，外婆那几年的生活才显得没那么冷清。表弟小时候是跟外婆一起过的，大舅和舅妈长年在外地打工，一年只回来一两次，所以表弟跟外婆比跟自己的亲生爸妈还要亲。

小时候住的还是那种老旧的土瓦房，砌得高高的，中间隔出一层当阁楼，用来晾晒衣服和存放谷物。夏天在这种房子里待着会特别凉快，每当太阳高升，阳光就从屋顶上瓦片的缝隙里漏进来，落在凹凸不平的地面和石灰脱落的墙上。尘土在光束里飞扬，时光静谧又美好。

大门外面就是院子，我们那儿每家每户门前都有一个院子。夏天院子里经常晒满刚收回来的玉米、稻谷和花生。我和妹妹还有表弟就在院子里追逐、打闹、玩游戏。大舅和舅妈每年都会给表弟买很多玩具，我和妹妹也有幸可以一起玩。

金色的阳光洒在院子里，像铺满了一层华丽的黄金，我们的笑脸就在这明亮的阳光下晃啊晃。

当皮肤被灼热的日光晒成黑红色，衣服被汗水浸得又臭又脏，肚子也被折腾得咕噜咕噜叫的时候，我们就跑进屋子里坐在地上的凉席上，一边吃外婆煮的面条一边看电视。

吃完饭眼皮就开始变得沉重，睡午觉的时间到了。

我睡在进门左边的第二个房间。那好像是小舅的房间，里面放有许多他作画用的石膏雕像和他自己画的画像，有几幅还被贴在了墙上。

房间的窗子朝西，下午的太阳光从窗口照进来，在墙上的画上缓慢地移动脚步，我能根据光线变化的位置推算出大概时间。我躺在床上静静地盯着那些画像看，不知不觉地闭上了眼睛。

说到小舅，他是美术生，当时刚毕业的他去了外地工作。小时候觉得他很厉害，能在纸上把水果的影子都给画出来，我有时候会想，如果不用考虑世俗的眼光，他会不会成为一个画家？

小舅把他的画笔、调色盘以及跟画画有关的书都留在了家里，我对这些五颜六色的东西极感兴趣，加上我小时候也是个喜欢乱涂乱画的人，他的那些东西被我扔得到处都是。

表弟在乡下读完三年级后，就被大舅和舅妈接到了城里。他很黏外婆，一开始怎么也不肯上车，哭着喊着要带外婆一起去，后来被他爸妈硬抱着上了车。

刚到城里那会儿，他经常给外婆打电话。当时还没有手机，整个村子只有一部公用电话，在村里的小卖部。打过来要说清楚找谁，然后挂断，等小卖部的主人去通知那人过来之后，再重新打过来。表弟每次打电话过来都要跟外婆聊很久，能想到的一切都要聊："吃饭了没有？吃了什么？今天去了哪里？都做了些什么？"外婆总是咯咯地笑，跟自己最疼爱的孙子通话，仿佛自己也变成了小孩。

后来表弟渐渐习惯了城里的生活，加上自己的父母又在身边，他对外婆不再像从前那样依赖，电话自然打得也少了。随之减少的还有我和妹妹回外婆家的次数，我们不知不觉都已渐渐长大。我读完小学就去了镇上读初中，每到周末才回一次家，回外婆家的次数就更少了。就这样，以前几乎每天都能见到的人变成了很长时间才能见一次。

直到有一天，我再次注意到外婆的时候，我发现她已经变得比以前更苍老了。以前半白的头发已全部花白，身体又瘦又小，步履也变得蹒跚起来。

有一次她在家里的楼梯口摔伤了腿，当时家里除了她一个人都没有。她觉得天色已晚，又不好麻烦我爸妈，便一个人强忍到第二天天亮。第二天她出门，被邻居看出了异样，邻居通知我爸妈，才把她送到镇上的医院。当时碰巧我刚从外地回来，便在医院里照顾了她一个星期。

当时的我已经参加工作并有了男朋友，但工作和感情长期以来的不顺让我一度觉得人生了无生趣。现在想来不过是矫情罢了，因为当我产生这种想法的时候，在长辈眼里我也不过是个二十岁出头的小姑娘。他们都是活了半辈子甚至是快一辈子的人，他们有的失去了父母，有的失去了儿女，有的失去了挚友。谈人生，他们比我更有资格。

那时候在外婆的病房里还住着另外两位老人。她们一开始以为彼此互不相识，后来两个人聊着聊着忽然发现对方其实就是当年的某某人，于是失声痛哭起来。我坐在一旁目睹了这心酸的一幕，一时动容，转过身去偷偷抹起了眼泪。究竟是在岁月的长河里摸爬滚打了多少年，才会让她们的容貌都发生了如此大的改变，变化到谁也没有认出谁？也许真的太久了，久到一辈子都快过完了。

自那以后，我便想通了很多事情。想想自己还这么年轻，偶尔迷茫一两年也不算什么，你以为你这就算是一辈子了吗？葛婉仪（笔名“独木舟”）说得好：“人不到死，真的不要轻言一辈子。”日子那么长，谁也不知道未来会发生什么事，也不知道会在什么时间什么地点重新遇到什么人。

外婆到现在依然是一个人生活，她的记忆力下降了许多，常常不记得自己说过什么话，也不记得东西放在哪里，她甚至会忘记自己到底有没有吃饭。

一开始我以为应该没有这么严重，直到有一天早上我回外婆家，看到了她的生活状态。

当我推门进去的时候，外婆一个人坐在门口发呆。我问她吃过早饭了吗，她说吃了，煮了粥。但是我走进厨房，发现锅里根本没有粥，还有一个锅正在煮东西，没有盖盖子。我往里头看了一眼，炖的是豆角，掺着几块烧鸭肉，看起来似乎已经炖了很久。我夹起一根豆角，吹了几下放进嘴里，发现根本没放油盐。

我走进客厅，掀开餐桌上的罩子，发现有一个装着已经发臭的豆角的电饭锅内胆，还有几个使用过的碗。我把发臭的豆角倒掉，把所有用过的锅和碗筷都洗了。

外婆说：“你不用洗，别把手弄脏了，晚上我再洗。”

我说：“我洗。”

她说：“是你妈叫你回来看我的吗？”

我说：“不是。”

她说：“那是你自己要回来的吗？”

我说：“是的。我给你煮点粥。”

她说：“不用麻烦，我已经吃过了。”她停顿了一下，又问我：“现在是不是已经晚上了？”

我说：“外婆，现在才早上十点钟。”

她说：“哦，是你妈叫你回来看我的吗？”

我说：“不是……”

我一边忙活着一边背对着她任眼泪肆意地流淌。我不知道外婆这些年来到底过着怎样一种生活，她的子女尚在，但没有一个人回来照顾她。她仿佛每天从一起床就在等天黑，等时间过去，等自己的生命结束。

我也不知道她每天坐在这大门口都在想些什么，是否在回想自己的一生？她是否在思念那些生命里出现过的人？她的父母和丈夫，她的兄弟姐妹以及儿时的玩伴。她已经无法再见到这些人，她靠着与他们之间的回忆独自生活了这么多年，孤独又冷清。

我偶尔能在生活起居上帮她一些小忙，却无法排遣她内心长年累月形成的孤独感。她也许早就已经习惯，但这种被迫形成的习惯却让我越发觉得心疼。

我总是会想起童年时候在外婆家度过的那段时光：外婆白花花的头发和佝偻的背影；表弟在阳光下洁白的牙齿和被日光晒得黝黑的背；那扇碰一下就会吱呀作响的老旧的门；那些贴在墙上的线条清晰的画……这些画面总是在我眼前像一部旧电影那样无声无息地上演。

谁也无法阻挡生命的流逝，很多事情需要我们学着去接受。身边的老人逐一离去；父母的头发逐渐变得花白；孩子们长成了我们认不出的模样……除了去接受，一点办法也没有。唯一能做的便是在有生之年，尽自己所能去善待身边的每一位亲人，但愿子欲养，亲还在。

晚风

“慢慢吹 / 轻轻送 / 人生路 / 你就走 / 就当
我俩没有明天 / 就当我俩只剩眼前 / 就当
我都不曾离开 / 还仍占满你心怀……”

老娜跟他老公算是闪婚吧。

2016 年 12 月底，我去她老家参加她的生日会时第一次见到了她的男朋友。那是个身高相貌都一般的男人，跟她是老乡，当时他们刚认识两个月。

次年一月份，老娜突然打电话跟我说她怀孕了，我在电话里又哭又笑，不知道自己到底是在高兴还是在难过。本来这应该是件喜事，是值得高兴的。我难过是因为就在前不久，我跟老娜还在彼此叹息不知自己何时才能完成人生大事，我们原本是同一条路上结伴而行的人。但就在我毫无准备的情况下，她突然和别人走上了另外一条路，留下我孤零零一人独行。

婚礼于 2017 年 4 月份在她老家举行，我是她的伴娘兼化妆师。婚礼前半个月，我打电话问她：“婚纱、礼服这些都挑好了吗？”她说：“没有。”我说：“你怎么一点儿也不重视？这可是结婚啊。”挂断电话后，我马上上网挑了几件礼服并把链接给她发过去，接着又去找了很多妆容图和造型图。我一个做伴娘的对这场婚礼的紧张程度远远超过她这个做新娘的，搞得好像结婚的人是我而不是她。

婚礼的前一天晚上，我跟老娜聊了许多以前的事，那是我最后一次跟她睡在同一张床上。

我跟老娜是大学同学。大学时，大家都喜欢在学校附近租房子住。大二开始，我和老娜还有另外一个女孩合租了一个小单间。房间里有一张大床和一张小床，老娜和另一个女孩睡大床，我自己睡小床。

老娜是个热心肠的人，大家平时有什么事都喜欢找她帮忙，我们都亲切地叫她“娜姐”。但除了行事作风能称得上是“姐”以外，她的外形跟“姐”这个字没有半点关系。我长得不高，老娜比我还矮，身材虽然不算胖，但脸却圆乎乎的像一个球，所谓的“娜姐”分明就是个可爱型的小妹。

老娜是一个精打细算会过日子的“傻大姐”。我们跟几个关系比较好的同学平时很喜欢在出租屋里煮东西吃。按老娜的想法，几元钱可以买一大把青菜，再买七八元钱的猪肉，三四个人随便吃。这样均摊下来比在外面吃快餐省钱，还能免遭地沟油的毒害。那时候我家自己养猪自己卖肉，我妈从家里寄了十几斤猪肉过来，我放在对面房东家的冰箱里冻着。这样连荤菜都不用买了，直接就省下了一大笔生活开支。

老娜家里是开大排档的，烹饪这些事儿她是信手拈来，煎、炒、蒸、炖都由她来负责。我只管打下手——像洗菜切菜之类。虽然没什么山珍海味，但每天吃着自己做的饭菜，大学生活也算过得有滋有味。

老娜有一台台式电脑，我当时旷课频繁，每天一睡醒就打开她的电脑听音乐、看电影，另外也常常进招聘网站找兼职。

在学习上老娜下的工夫要比我多一些。我们学的是小语种，但我总觉得她在学习语言方面似乎没什么天赋，平时看上去总是一副认真的样子，考试方面却一直成绩平平。当时我和她一起报考了英语四级考试，但我们俩都没考过，我差八分就能及格，老娜还差一大截。

也许是受我影响，她也会经常旷课。大学生时代都流行勤工俭学，平时没有课或没有自己喜欢的课程的时候，大家就在学校后门的餐饮店做兼职挣零花钱。

我的兼职换得比较勤，在周围好几家快餐店里都帮过忙。老娜在一家重庆鱼馆里干了很久，由于勤劳肯干且工资低，她辞职的时候老板一直不舍得让她走。当时我们班里有很多同学都在外边做兼职，由于专业的特殊性，大家似乎总有用不完的时间，学校后门那一带的兼职几乎被我们班的学生给承包了。

记得有一次，我和老娜在网上找了一个促销苹果醋的工作。工作任务就是去市里各大酒店和大排档跟人家谈合作，让人家卖我们这个品牌的苹果醋，谈成了就有提成。当时有两个年龄比我们大的大哥大姐带我和老娜去跑业务，四个人骑着电动车跑了大半个城区。我和老娜都属于口才一般而且脸皮又不够厚的在校大学生，完全不知该如何开口、从何入手，半天下来一单也没谈成。

后来老娜和那位大姐在环城路上被抢了包，手机和身份证无一幸免全被拿走了。那大姐一边骂骂咧咧一边拿我的电话报了警。那是我人生当中第一次进警察局，也是我和老娜试用期的第一天，真是赔了夫人又折兵。

这工作自然没法再做下去。

有时候我们也会做晚上的工作。晚上的课不多，一个星期就两三节。大二的下学期，我在学校门口的烧烤摊做起了青岛啤酒的促销员。从晚上七八点钟开始一直工作到凌晨一两点。我每天晚上都要卖六件以上的啤酒才算完成任务。但这个城市的人似乎不太喜欢喝这种啤酒，大多数时候我都无法完成任务。特别是烧烤摊生意不好的时候，一个晚上才卖出去几瓶啤酒，业绩惨不忍睹。不过那件工作服我倒是挺喜欢的，是一件有点修身的短袖连衣裙，我当时身材偏瘦，自认为自己穿上很好看。

这样想来，我当年做的很多兼职都跟销售有关。我其实是个特别不会讲话也不喜欢讲话的人，一直以来我都觉得自己不适合做跟销售有关的工作，但以前只想着哪里给的薪水高就去哪里应聘，从来没想过适合不适合这种问题。有时候想起来挺佩服那时候的自己的，虽然业绩一般但是工作起来一直勤勤恳恳。现在如果有人告诉我说把某样东西卖出去你将会得到一大笔钱，我很可能会直接甩手说钱不要了，任性导致我一直贫穷至今。

大三的上学期，我和老娜一起去了学校后门处一家新开的 KTV 工作。其实算不上是 KTV，只是一个小清吧，里面有几张桌子和几个小包房。店里只有老板和一个经理，我和老娜去应聘服务员。

那个清吧生意不好，虽然消费不算高，但包房里的音响不好，很多大学生都愿意花更多的钱去高档一点的 KTV。大厅人气旺一点儿，角落里放着一个麦架和麦克风，还有一台老板的电子琴。墙上的电视机放着世界杯的直播盛况，有一些赌球的人晚上会过来坐在大厅边喝酒边看足球。

但店里的收入还是一直小于开支，每天只有几百块钱的营业额甚至更少。我和老娜实在闲得发慌，就在大厅里拿着话筒唱起了歌，这样想来这个小清吧更像是为了我和老娜而开的。因为生意一直不好，老板颇有点想让这个店自生自灭的感觉，平日里也不常过来看。我、老娜和那位所谓的经理便经常在店里开灶，火锅、啤酒，吃吃喝喝，每天上班就跟去玩儿似的。

这个店大概只维持了三个月，倒闭是意料之中的事。我总觉得老板开这个店的原因并不只是为了赚钱，更多的是为了他自己的情怀。我看得出他是一个喜欢音乐的人，会弹曲子、会唱歌。这个店哪怕能收支平衡他都不会舍得把它关掉，但如果是亏本，那钱还是比情怀更重要一些。

大三的第一个学期末，课程还没有完全结束。我没上完课就开始出来继续找工作，但这次找的不是兼职，而是全职。最开始是去了一家 KTV 当收银员，老娜没我任性，坚持把课程上完，考完试后才过来跟我一起上班。两个月后，我放弃押金主动离开，并开始了我的漂泊之路。

老娜这时候开始谈恋爱，对象是她的高中同学，跟她住在同一个镇上。听老娜说对方的爸爸是个有钱人，他们家在镇上有几栋出租的楼房，每天坐在家里等着收房租就行，什么也不用干。

那个男的我见过几次，个子不高，鼻梁上架着一副眼镜，满脸的青春痘。虽然他爸爸很有钱，但这个“富二代”却是一个小气的人，平时给老娜买一点东西他都要算得清清楚楚。有一次，老娜出门把他的电动车弄丢了，几个月后老娜跟他分手，他竟要求老娜给他转两千元钱作为电动车的赔偿费。老娜一时拿不出，只好打电话向我借了钱。钱打过去后，我特地打电话跟“富二代”确认并趁机在电话里嘲讽了他一番，挂断电话后心里一阵爽。老娜的第一次恋爱以失败告终。

其实老娜在大二的时候喜欢过班里一个高高瘦瘦的男生。她在 QQ 上跟他表白过，但被那个男生委婉地拒绝了。后来她不知怎么的又跟高中那个“富二代”联系上了，然后两人就谈起了恋爱。

老娜在这个城市里找了另外一份工作，又谈了一次恋爱。恋爱对象是上一个 KTV 里的同事，老娜还去过对方家里见了他的父母，但没过多久这段感情就夭折了。男方在和老娜交往的同时还跟另一个女孩暧昧不清，老娜接受不了这种复杂的关系，跟男方提出了分手。老娜的第二次恋爱又以失败告终。

几个月后老娜辞职去了深圳，一待就是两年多。那段时间我跟她大概半年见一次面，没地方落脚的时候我就跑去深圳找她蹭吃蹭喝。

她在一个汽车维修厂上班，做着类似行政的文员工作，养了一条名字叫小白的流浪狗，有一个比她年纪小好几岁的追求者。她每天在电话里跟我说那个小鲜肉如何对她好。但老娜一直没有答应他的追求。其实我知道，老家那个“富二代”又开始来纠缠她了。

2016 年，老娜辞掉深圳的工作，收拾所有的行李回了老家。她想在老家的镇上做生意，她觉得自己这两年在汽修厂的工作经验让她对汽车有了很深的了解，所以她打算回老家做一种新能源汽车的区域代理。她跟父亲商量了许久，她父亲答应跟她去这种汽车品牌的总代理所在地了解行情。

回来后她就张罗起租店铺的事情。店面装修好后，一大批电动摩托车和电动汽车很快就摆满了店里店外，老娜的小心愿算是达成了。光开成店还不行，要赚到钱才行。车不太好卖，电动摩托车还有很多人愿意买，但是电动汽车十天半个月也卖不出一辆。当时镇上还有其他卖这种车的店，大家为了把车卖出去都把价格压得很低，老娜没能靠这个赚到什么钱，能把投进去的钱赚回来已经是万幸了。

后来不到一年的时间，店关了，老娜把剩下的一些摩托车零件和头盔搬回出租屋，在朋友圈和 QQ 空间卖了起来。老娜是一个怀有满腔抱负的人，但她的家人都觉得女孩子到了年纪就该找个老实的男人嫁掉，做生意这种事还是男人来做比较适合。她的家人开始用各种方式逼她结婚。

老娜虽不是一个容易妥协的人，但同时她又是一个孝顺的人。抱负什么时候实现都可以，还是满足爸妈的愿望，先结了婚再说。于是 2016 年年底，她跟现在的丈夫认识，2017 年 4 月他们结婚，一切都如此地顺理成章。

到现在，老娜结婚已经快四年了，已经做了两个孩子的妈妈。这四年里她没有再出去找过工作，在家里当起了全职太太，理想抱负早就被生活压得无法翻身。上一次我去找她已经是 2017 年 10 月份的事了，自那之后我再也没去那小镇上找过她。她现在租的房子只有两个房间，一家四口其乐融融，我不方便过多打扰。

偶尔也会听到老娜对婚后生活的各种抱怨。给我发的微信全是长长的一段段的文字，说的全是生活里鸡毛蒜皮的小事。我告诉她这都是她自己选的，谁也别怪。我笑她是个家庭妇女，她笑我到现在还嫁不出去，俩人互戳痛处，毫不客气。

总体来说，老娜现在的生活算是美满幸福，她终于在那个小镇尘埃落定，过起了普通人的生活。我心里对婚姻还是没底，虽然有时候也希望身边能有个人陪伴，但是又不愿意将就，我害怕自己有一天会在世人的眼光中妥协，担心最后还是逃脱不了随便找个人结婚生子，草率地过完下半生的命运。

花落人断肠 我心事静静躺
北风乱 夜未央 你的影子剪不断
徒留我孤单在湖面成双
菊花台

FASHION

爱加深

“记忆一秒秒换季 / 一段段摇曳 / 你的声线浸没我这肉体 / 记忆一寸寸避世 / 一滴滴连系 / 一点点脱轨 / 触摸到你的方位……”

最近好吗，黎明先生？

哎，其实这样称呼你我觉得挺生疏的，我还是叫你 Leon 吧，粉丝都习惯这样叫。虽然你与我们大多数人都未曾谋面，但在我们心里大家早已把你当成一个老朋友那样看待。

没错，我也是你的其中一位默默无闻的粉丝。给你写这封信并没有什么特殊的意义，类似的信件你肯定也收到过成千上万封，将来你也许会有机会看到也许不会，我就当作是自己内心的一段独白。

我关注你的时间不算很长，到写这封信为止也就八个月的时间，但在这八个月里，我每天有一半的时间都花在你的作品和与你有关的报道上。

八个月前我对你的了解仅限于小时候听过几首你的歌，最喜欢的你的音乐作品是《呼吸不说谎》和《看上她》这种类型的歌。

长大后，许多新的艺人、新的作品不断翻涌而出，那些顺应潮流的音乐渐渐被新生代音乐如洪流般冲刷到了人们看不见的地方。那些最初常听的音乐被我冷落了很多年，那个叫黎明的艺人也没能引起我更多的关注。

大概有十年的时间，我没有主动去搜索过任何你的音乐作品来听，在网上也很少看到与你有关的新闻。你似乎很久很久没有出现在大众面前，以致人们渐渐将你遗忘。

一直到去年，我偶然在某个音乐软件上听到那首《夏日倾情》。这首歌初听没有太大感觉，再听词曲仍然没有特别惊艳，当然这可能跟我自己的品位有关。

使我惊艳的是你的声音，那句浑厚的带有磁性质感的“I love you”成功引起了我的注意。我当时心里一愣，是谁唱的，这么好听？我一看，居然是黎明，原来黎明的声音这么好听，这跟你唱电音的声音完全不一样。

我开始搜索更多你早期的歌曲来听，也看了你早期主演的一些电影和电视剧，从此一发不可收拾，这些作品让我认识到了一个完全不一样的黎明。我是一个对 20 世纪 90 年代香港音乐和影视有很深情结的人，我不知道到底是什么原因让我错过你如此之久，总之多年后的今天，我遇到你就像遇到宝藏那样兴奋。

无论是音乐方面还是影视方面，你都有很多优秀的作品。但和作品相比，我更关注的似乎还是你的脸。好吧我承认，我就是这么肤浅的一个人，喜欢上你真的是从你的外形开始的，当然这里的外形指的不仅仅是脸部五官，人们喜欢用谦谦君子、温润如玉这样的词来形容你，我想来想去发现自己确实也没什么比这更好的词汇来加在你身上了。你在那个年代被冠以“白马王子”的称号，但你一直对这个称号嗤之以鼻，可能这让你觉得大家只看重你的外表而忽略了你的能力。然而这是上天赐予你的也是你自己修炼和沉淀得来的气质，你在享受它给你带来益处的同时也该接受它给你带来的弊端。

关于长相方面，我心里其实还有着另外一个小故事。起初看着你年轻时候的照片，我似乎能看到某一个我曾经心仪的人的影子 。当然你们长得并不像，像的只是你们带给我的那种感觉。我跟那个人没发展出什么结果，对他的感觉也早已不复存在，但你却从此成为我生命中最重要的人之一。

我也曾在学生时代关注过其他明星，但仅仅只是关注，并没有过多疯狂的行为。和大多数的“90 后”一样，我的青春是周杰伦、林俊杰、蔡依林……但青春在不知不觉中已悄然流逝，那些名字仅仅留在那段时光里。现在，这些名字在我心里早已泛不起任何波澜。我对追星一直没什么概念，以前对那些为偶像疯狂花钱的行为也表示无法理解。后来我过了追星的年纪，却开始疯狂地追求与你有关的一切，你的出现颠覆了我对追星这个词的定义。

一开始是很狂热的，当我越来越了解你之后，我发现自己不能等了，我一定要去见你一面，无论你现在变成什么样子我都要见。于是我买了人生当中第一张演唱会门票，去佛山看了你的个人演唱会，当时距离我开始喜欢你的时间还不到一个月。

我终于见到了你，但演唱会舞台上的你和我手机照片里年轻帅气的你完全判若两人。五十多岁的你台风也不再似年轻时候那样活跃，多的是一份由岁月沉淀下来的稳重气质。你出场的时候，你的粉丝在台下失控尖叫，那是一群陪伴了你十几二十几年的家人。也许在很多路人眼里你现在不过是个不修边幅的中年大叔，但你的家人却依然能透过外表看到你那颗几十年来未曾改变过的初心。我在演唱会上激动到泪眼模糊，深知自己这一次的追星与以往任何时候都不一样。

从演唱会回来后，我对你的爱更加深切。我花了许多时间和精力去更多地了解你，在整个过程当中，也看到了许多对你不够友好的报道。我当然知道有些东西是不真实的，媒体需要靠噱头吃饭，观众需要茶余饭后的消遣，那些有的没的、真的假的、好意的、恶意的评价对你也造成了一定程度上的伤害。你曾经解释过，后来你发现解释的作用并不大，人们要的似乎并非是真相，他们要的是话题，他们要看到你与他们有着同样糟糕的一面，要看到你过着与他们同样不如意的生活。你也知道这是每一个公众人物都必须要承受的舆论压力，“吃得咸鱼抵得渴”，你很久以前就已经懂得这句话。

很多人都说你不适合在娱乐圈发展，因为你说话总是很容易得罪人。我看过你的许多采访和报道，发现事实确实如此。你太真，你学不会说好听的话来讨大众喜欢，也学不会隐藏自己的情绪。大部分观众都不喜欢听真话，因为真话带刺，他们喜欢听漂亮的话，只要你把话说得够好听，就没人会在乎你是否发自内心，也不在乎它是真是假。

我当然很欣赏你这种真性情，大概是因为我跟你是同一类人。我也是个不会讲漂亮话的人，以前我常常当着别人的面把不好听的实话讲出来，然后看到对方脸上不悦的表情。直到现在我也仍然学不会昧着良心把敷衍的假话说出口，既然真话和假话都不能说，那便不说话好了，我现在都是保持沉默比较多。即便有那么多人说过你不适合，你却仍然用自己的方法打出了自己的一片天，这世界需要阿谀奉承的人，同样也需要真实不做作的人。

你无疑是非常棒的，在该争名利的年纪获得了优异的成绩，在该淡泊名利的年纪又能不顾世人看法，去做自己想做的事。

网上有很多人都问黎明这些年到底去了哪里？为什么在消息封闭的20世纪90年代他红遍半边天，在网络盛行之后却销声匿迹了？你曾说过艺人的最终命运就是被遗忘，原来你早就看得比我们还要透。是啊，娱乐圈的人气本来就是要靠不断活跃在大众面前才能勉强维持，一味执着于人气，又怎么能好好地去生活？这些年其实你哪儿也没去，你只是去生活了，去做更多你认为更有意义的事情了。娱乐圈的高山你已经不想再攀登，你觉得有很多事情比唱歌和演戏更加重要。

这些年来你默默帮助了许多在生活上有困难的人，并因此获得了一些很有意义的奖项。娱乐圈的明星都喜欢做慈善，对艺人来说，慈善搞不好会演变成一种炒作博眼球的手段。我当然知道你不是，大部分人做善事其实是因为自己那颗善良的心，只是有些人喜欢妄加揣测别人做一件事情的真实目的罢了。

每当我跟身边的人说自己的偶像是黎明时，他们都很惊讶地看着我，他们无法理解我为什么会喜欢上一个年纪跟我爸一样大的男人。我不需要向他们解释，对我来说别人的看法不重要，我向来都与大多数人不同，我喜欢跟周遭一切都格格不入的自己。

很多女生都在心里有着一场跟你热恋的幻想，我当然也有，谁都知道这是不现实的梦想，但也许正是因为对现实中的恋爱已经太过失望，所以才觉得靠幻想得到的心理安慰也并没什么不好。对于现在的我来说，你似乎已经成为我的一种信仰。你是许多人的信仰，我们追随着你的脚步，努力去变成自己想成为的更加优秀的人。每当我在某件事情上有了放弃的念头时，我就会想到你，我会想着你那么优秀，我不努力怎么配得上你？我当然不是真的要配得上你，我可能这辈子连跟你说一句话的机会都没有。这纯粹只是一种自我激励的方法，偶像的力量是不可轻视的，我发现这种方法比以往我试过的任何一种方法都有效。

这段时间以来，我对你的热情一直只增不减，你时常在我的梦里出现，梦里的你依旧是年轻时候的模样。全世界不知道有多少个像我这样的人，默默在心里为你留着一个角落。平日里大家都不常提起你，但一旦有人开了头，你就会从每个人的心里走出来。原来你从不曾被人们遗忘，你只是在角落里待得太安静，大家都不忍心去打扰你。

最后我想说的是，无论今后世事如何变化，无论生命里再有多少人来往，你在我心里的位置都不会改变。漂亮的话我还是不会说，不想跟你说什么天天开心、事事顺利这种不切实际的话。对你说永远快乐就好像要你只能尝到甜味吃不出苦味是一样的道理，我们都是平凡人，有七情六欲喜怒哀乐是最正常不过的。

还是用一句你自己常说的话来作为信的结尾吧。

Good luck!Leon!

火柴天堂

“每次点燃火柴微微光芒 / 看到希望看到梦想 / 看见天上的妈妈说话 / 她说你要勇敢你要坚强 / 不要害怕不要慌张 / 让你从此不必再流浪 / 妈妈牵着你的手回家 / 睡在温暖花开的天堂……”

我是一只猫，我出生在乡下一个普通的家庭里。我没有名字，大家都叫我土猫。我还有一个哥哥，长得跟我一样，好听一点可以叫我们狸花猫，但是不值钱，命也贱。

怎么说呢，出生在农村的猫大多命都不好，温饱问题勉强能够解决，但活不久。我们跟大多数的猫一样，生活得不太如意。

主人家对我们不算好，因为据说当初妈妈来主人家之前曾是别人家的猫，但是那家人对妈妈不好，妈妈经常吃了上顿没下顿，被拳打脚踢也是家常便饭。后来妈妈因为常常吃不饱，不得不到处觅食，再后来妈妈来到了现在的家庭。相比之前来说，这里很不错了，一家人都很友善，不仅没有赶妈妈走，还经常给它东西吃。妈妈尝到了甜头，自然不愿意回到之前那个家，久而久之，便把这里当成了家。

妈妈以为自己遇到了好人家，以为自己的命运即将得到改变。但令她没想到的是，这其实才是噩梦的开始。这家人虽然一开始态度很友善，但时间久了之后，他们却开始嫌弃妈妈没用，说它只知道在这里蹭吃蹭喝，十天半个月也抓不到一只老鼠，原来他们对妈妈好的前提是它必须要有利用价值。

每到吃饭时间，妈妈就在饭桌底下不停地哀叫。主人心情好的时候也会赏块肉给它吃，但大多数时候妈妈都只能捡他们扔在地上的骨头来啃，虽然那些骨头上面的肉已经被吃得一干二净。

妈妈似乎又回到了以前那种吃不饱的生活，饥饿迫使它开始学着偷东西吃。每当桌子上的饭菜没有盖上的时候，妈妈就会趁人不注意，跳上去偷偷咬几口，虽然最后换来的总是一阵追赶与毒打，但妈妈却屡试不爽。

我和哥哥将这一切都看在眼里，虽然很心疼妈妈被打骂却也无可奈何。作为子女，同住在一个屋檐下，我们的生活又能好到哪儿去。挨饿受冻的滋味我们都懂，如果能吃顿饱饭，挨点儿打骂也不是什么大不了的事。

在妈妈出事之前，我一直都觉得这家人是善良的，虽然打骂是常事，但那都是在我们犯错的时候。直到有一天我亲眼看见妈妈被打死在我面前，我才发现人性远比我想象的要丑恶很多。

那一天，饥饿难耐的妈妈又偷吃了摆在桌子上的贡品。也许主人那天刚好心情不太好，又或许他其实早就想这么做。他抓起妈妈狠狠地往墙上一摔，妈妈惨叫一声倒在地上，抽搐了两下便再也不动了。我和哥哥躲在一边，吓得大气也不敢出一声，眼睛里充满了难以置信的恐惧。我们都知道，就算此刻我和哥哥冲过去抓他、咬他，也是无济于事，我们连与他同归于尽的能力都没有。

妈妈走了以后，我和哥哥在这个家里更加战战兢兢，我们依然吃不饱睡不好。我们自知自己不受欢迎，但我们也不知道能去哪里。我和哥哥出生时就一直在这个家，妈妈之前的家在哪里我们并不知道，潜意识里，我和哥哥都把这里当成了自己家。但可悲的是，我们虽然把这里当成家，但这个家里的人却从来没有把我们看成家里的一员。

自从妈妈出事后，我便再也不指望能从这些人身上得到些什么。每到吃饭时间，哥哥总是在桌子底下叫个不停，我坐在一旁，打从心眼里儿看不起他那副摇尾乞怜的样子。我虽然也很饿，但我再也不会去乞求他们给我食物，要给便给，不给就算了，何必这般没骨气。

其实并不是家里的每个人都对我们态度恶劣，像主人家里的大女儿和二女儿对我们就很好。她们会把故意没啃干净的鸡骨头丢给我们，有时候趁主人爸爸不注意，还会丢给我们一大块肉。我和哥哥虽然不会说话，也不懂表达自己的情绪，但谁是好人谁是坏人，我们还是分得清楚的。只是这两个姐姐们并不经常在家，大姐在外地工作，二姐在城里上学，平时回家根本待不了几天。所以一年到头，我们兄妹俩也过不了几天舒服日子。

我比较喜欢大姐，她不仅给我们很多肉吃，还给我们兄妹俩买猫粮和小鱼干。那是我第一次吃到猫粮，真的很好吃。说实话人类的饭菜我并不是很喜欢吃，那些东西太咸，我们猫是不喜欢吃盐的。因为给我们买猫粮这件事，大姐被主人数落了一番，但大姐也不当回事，还是会接着给我和哥哥买猫粮。她不在家的时候，就让奶奶帮忙喂，我和哥哥的生活似乎有点好转。

我听说城里有一种猫长得很漂亮，很受人类的喜爱。人类会像养自己的小孩那样对待它们，带它们洗澡，做美容，给它们买很多好吃的和各种玩具。有时候我会想，我们乡下的猫跟城里的猫究竟有什么区别，为什么同样是猫，命运却如此不同？人类都叫我们土猫、家猫，但我们也是有名字的，叫狸花猫。我们长得漂亮乖巧，而且聪明能干，人类为什么不能善待我们？

其实我明白的，人类有一句话叫“物以稀为贵”。像我们这个品种的猫满大街都是，数量一多就不值钱，人类不喜欢不值钱的东西。我还知道人类有一句话叫“外国的月亮比较圆”，宠物猫大多是外来品种，大家平时比较少见，自然比较稀罕。你养一只土猫大家可能都会嘲笑你，但你养一只外国的猫大家就会觉得你很有品位。这样想来我突然觉得没什么好难过了，人类嫌弃我们“土”，其实“土”的是他们自己的内心罢了。

妈妈这辈子和这个家庭的缘分太浅，我和哥哥也是。有时候我也会担心主人会像当初打死妈妈那样把我和哥哥也打死，毕竟他一直视我们为“别人家的猫”。平时要不是大姐护着我们兄妹俩，我们很可能早就已经惨遭毒手。只是大姐无法长年待在家，她护得了我们一时却护不了我们一世。

我的担心并不是多余的，该发生的事情终究还是发生了。

那是一个清秋的早晨，大姐刚离开家没几天。主人便一反常态，给我和哥哥吃了很多东西，我感觉有事情要发生。果然，吃完后，主人就把我和哥哥抓上了他的车。哥哥很慌，一直叫个不停。我不知道他要带我们去哪里，我没有像哥哥那样乱了阵脚，我其实一点也不害怕，最严重不过是死，但我早就不怕死了。我知道这辈子自己的命运是无法自己掌控的，强者生存，这是大自然的生存法则。我们没有能力与人类抗衡，便只能任由他们宰割。谁都害怕死亡，但我们谁也不知道自己究竟哪一天会死。

车子开了十分钟左右就停了下来。主人把车门打开，把我和哥哥从车上赶了下来。这是一片陌生的环境，周围只有杂草泥土和石头，这大概就是人类常说的野外吧。

主人从车上拿出半包从家里带出来的小鱼干丢给我和哥哥，然后开车绝尘而去。他终于这么做了，他也许不忍心像当初打死妈妈那样打死我们，所以将我们抛在这荒野，让我们自生自灭。

不知道主人回到家后会不会感到一丝内疚呢？听说他其实很喜欢猫，家里养过几次猫，他对它们都很好，闲暇时候还会一改往日的严肃面孔，笑着陪它们玩耍。只是我想不通这样一个有爱心的人为何偏偏容不下我们一家三口？原因已经不重要了，重要的是他已经做了决定。我唯一担心的是大姐，如果她下次回家发现我们已经不在了，她一定会很难过，她是个善良的人。

我不知道我能在这荒野生存多久，人们都说猫有九条命，其实我们哪有九条命，是强烈的求生欲望让我们一次又一次地死里逃生。

猫不会自暴自弃，哪怕拼尽最后一丝力气，我们也要让自己活下去。

闪亮的日子

“你我为了理想 / 历尽了艰苦 / 我们曾经哭泣 /
也曾共同欢笑 / 但愿你会记得 / 永远地记着 /
我们曾经拥有闪亮的日子……”

有一天，当你发现时间开始要以五年、十年为单位来计算的时候，你才会意识到自己原来跟很多人已经太久没见了。

我是一个在乡下长大的孩子，那个年代，农村的孩子基本上处于散养状态。正是这样，我和大妮、阿秋以及几个小伙伴常常聚在一起，整日在村子里追逐打闹。

大妮和阿秋是我的邻居，阿秋是大妮的表哥。他们的父母都在外地打工，家里只有爷爷、奶奶和他们两个小孩。我家跟他们家连在一起，中间只隔了一堵墙，平时有什么事情，大喊一声就能听到。

周末的时候，大妮经常端着一碗粥和一碗辣椒跑到我家这边来边吃边看电视，阿秋也是。我们喜欢看武侠片和一些动作类的电影，看完后就在院子里学着用“功夫”打架，仿佛自己就是绝世高手。

不记得当时是几岁，只记得我们经常欺负我家马路对面那户人家的小女孩。那个小女孩的父母也在外地打工，她跟奶奶在一起生活。有一次，我们用吃完糖果剩下的包装纸包着跟糖果颜色相似的鸡屎拿给她吃。原本以为她不会上当，谁知道她闻都不闻一下，一口就吃了下去。吃进去后突然发现不对劲，“哇”的一声大哭起来，跑进屋里跟她奶奶告状。她奶奶冲出来大声训斥我们，我们躲到墙后面得意地笑，类似的恶作剧我们做过不止一次。

我在欺负比我小的孩子的同时，也在被比我大的孩子欺负着。小时候大人们经常把晒干的稻秆在院子里堆成一堆，然后点火烧掉。火烧完后，剩下一堆还冒着热气的灰烬，我们几个小孩光着脚围在旁边踩着玩，其中有两个是大孩子，大概八九岁。

大家踩的都是不烫的地方，但这时候其中一个大孩子突然对我们说了句："谁敢踩到里面去？"大家面面相觑，没人敢出声。看到我们都不敢踩，他们接着又嘲笑我们是胆小鬼。我从小就受不了这种激将法，犹豫了一下，自告奋勇地说："我敢。"说完以一种不怕死的架势往热气腾腾的灰堆里踏了进去。

当时什么感觉已经不记得了，只记得自己哭得很惨烈。我妈听到哭声从家里跑出来，两个大孩子意识到事态的严重性，满脸惊慌失措。再后面发生了什么事，我也不记得了。只记得接下来很长一段时间，我都不能下地走路，两只脚被我妈用厚厚的旧衣布包着，终日在两个表姐的背上度过。

记忆里总是会想起这样一个画面：大表姐背着双脚裹满布条的我游走在菜地田间，二表姐跟在后面，时不时用手托一下艰难地趴在大表姐背上的我。我闹别扭说要找妈妈，大表姐哄着我说："好，我带你去找妈妈。"

每当隔着时空望过去，我都觉得那段时光似乎不曾真实存在过。记忆虽然很模糊，但是那种感觉却一直陪伴我多年。如今许多年过去了，山水依旧，人已殊途。

那个时候，不记得是从哪儿听到的掌故，说农历七月初七晚上只要躲在葡萄架底下就能听到天上牛郎织女的对话。我和大妮还有几个小伙伴信以为真，居然真的去葡萄架底下待了一晚上，结果不但没听到牛郎织女的对话，还被蚊子叮得满头包。

大妮有时候会过来我家跟我同睡，或者我们去别的小伙伴家一起睡。床不够大，我们就到楼顶去睡，将两张凉席拼在一起，地方宽得可以随意在上面打滚。大家躺在席子上一起聊心事，一起看天上那七颗位置从未改变过的星星，我忽然记起，原来那叫北斗七星。

寂静的夜空经常会有流星划过，那时候我会在心里偷偷许下很多愿望，希望自己考试拿第一名；希望父母可以长命百岁；希望自己长大后可以拥有一间像童话故事里一样周围种满花草的小房子……小时候的心愿是如此简单、美好。

我们会在炎热的夏天一起去游泳，每次去都会等在水里泡得瑟瑟发抖时，才肯起身回家，那时候就算晒得很黑也不会在意。

周末我们热衷于去村子前面那座山上的山洞。那个山洞很大很长，里面有很多天然形成的闪闪发亮的乳石。据说从洞里穿过去可以通到另外一座山，我们曾试图走到山洞的尽头，但走到一半的时候发现石头上有许多白色的长条虫子，大家都害怕得跑了出来。

听大人们说那个山洞在战争时期是扔死人的地方，里面尸骨堆成了山。但又有人说并不是这个山洞，扔死人的是大山洞附近的另一个小山洞。我们并不知道小山洞在什么位置，也没人敢去找它。

但我们对大山洞却很有冒险精神，因为从没走到底过，那个山洞看起来尤为神秘。这么多年来我一直都在想它究竟通往哪里？会不会是一个时空隧道抑或许山洞的尽头其实是一个世外桃源？这样想来我更想再去一探究竟了。

几年前我和妹妹还有表姐一起又去了一次那个山洞，但洞口长满了许多比人还高的植物，这些植物几乎将整个洞口封住。有一股阴冷的湿气从洞里冒出来，我们在洞口徘徊了许久，最终也没敢进去。

我还记得那时候村里有一位精神失常的老人。我们并不知道他为什么会疯了，只听说是因为他有一个女儿被人拐卖了，所以才变成这样，但这个传言又似乎不太靠谱。

人们认为他疯是因为他经常骂人，走在路上，常常旁若无人一般一路高歌，还会说一些谁都听不懂的话。但除了这些以外，他跟一个正常人没有什么区别，他能干活，能自己养活自己，衣服反复缝缝补补也还能穿，春夏秋冬脚上穿着的永远是一双草鞋。有时候向他打招呼，他还会给点回应。

小时候不懂事，我们经常一起结伴捉弄他，朝他住的地方丢小石子。他一生气就会从屋里跑出来骂骂咧咧，我们立刻一哄而散。后来又如此反复，不厌其烦，因为我们也把他当成了一个精神病人。

后来也不知道从什么时候起，我们都无暇再去逗他了。我们甚至很长一段时间不在家里，也不会想起有这样一位患精神病的老人。后来有一次回家，我突然听到了他过世的消息，回忆一股脑儿涌了出来。

也许是长大了，我对“疯子”也有了不一样的理解。人们到底为什么说他是一个“疯子”？他没有做过任何一件损害别人利益的事情，他骂人是因为我们不尊重他，他唱歌的时候声音高亢、充满激情，整个人欢乐得不得了，人们却像看戏一样看他，但他也只是陶醉在自己的世界里。人就是这样，我们习惯把思想行为跟自己不一样的人称为“神经病”，却不想在对方眼里，我们这些自诩正常的人或许也是“神经病”。

也许他并没有病，他只是喜欢这样。我不想再说他是一个“疯子”，我现在只想称他为一位老人——孤独的老人。如今他早已化为一堆白骨，长埋地下，谁又会记得曾经有这么一个人？我为小时候对他做过的事而忏悔，他其实真的只是一位普通的老人。

一转眼青春已经过去了一大半，回忆又何止这些，经历过的一幕幕往事，仿佛还在昨天，但的确已经过去了那么多年。

有些事情要趁记忆清晰的时候将其记录下来，否则那些回忆真的会在时间的洪流里被冲刷得模糊不清。

如今，我的小伙伴们早已不在我身边。以前那些常去的地方，不知从什么时候起再也没有去过，甚至再去的时候也已不再是最初的模样。有时候看着那些曾经熟悉的地方，甚至记不起来它当初是什么样子。很多事情都在改变着，那些破旧的土房子渐渐被高楼替代，整个村子看起来比以前拥挤不少。这些本该令人高兴的改变却让我感到如此难过。

大妮这些年很少回家，我跟她多久没见了？记不清了。我们从没想过会这么久不需要见面，像两个在对方生命中都可有可无的人。前些年我们还经常联系，后来我跟她因为一些事情闹掰了，我们互删了 QQ 和微信，从此变成了路人。

没有谁对谁错，只能说大家都长大了，对某些事情的看法也不同了。某段时间，我对一些总让我失望以及等待的人失去了耐心，于是我开始在心里将一些人列入黑名单。

当人生到达某一个阶段的时候，有些选择是必须要做的，爱情也好友情也罢，你必须清楚地知道谁才是值得你去爱、去深交的人。虽然有些感情已经维持了很久，久到你以为你们的关系永远都不会破裂。但就在某一刻你会突然发现，其实有很多东西早在很久以前就与你背道而驰。你跟那个人早就不是一条路上的人，你们各自在自己的人生中赶路，并且谁也没有回头去看另一条路上的那个人。

阿秋也不常回家，他好像是去了北京，那是个遥远的城市，要回来一次真的不容易。几年前的春节，我在我家的院子里见到他。他的变化挺大，头发有点长，梳着中分，脸上轮廓清晰硬朗，他再也不是当年那个淘气的小男孩了。

也许真的是太久不见，我跟他只打了声招呼就再也没话题聊，这种生疏感又能让谁想到这是小时候经常在院子里跟我用“武功”打架的人。

阿秋回来待了几天就走了。我偷偷拍了一些他的照片，因为不知道这次以后要过多久才能再见面。北京是个遥远的城市，远到好像一别，再次相见我们都会变老。

我的童年和少年都过去了，身边的人换了一批又一批，然而最令我怀念的还是那些在生命中最初出现的人。“童年是让你能够忍受暮年的那股力量”，我虽然还没到暮年，但却同样需要靠这股力量来对抗那些失意的日子。不知道我的小伙伴们都在哪儿过着什么样的生活呢？

荼蘼花开

“荼蘼花开 / 此生悲哀 / 迎风绽放 /

如梦如幻 / 荼蘼花开 / 盛装期待 /

夏季走过 / 容颜如花凋落……”

每次想到L，心里都会莫名有点伤感。L他不是我的男朋友，以前不是，现在不是，以后应该也不会是。L是我的初中同学，虽然我不想把我跟L的关系描述成只是同学或者朋友那么简单，但既然不是男朋友又无血缘关系，那便只能算是同学或朋友了。

2009年的夏天，我跟L偶然在那条彼此都很熟悉的街道上碰了面，而在那之前，我们有两年多的时间没有见过对方。他没变，我说的是他的身材和他的发型，但是皮肤变白了许多，鼻梁上那副眼镜也比以前厚了，总之更像“小白脸”了。

L 笑了，我也笑了。

他说："老太婆，陪我去一中逛逛吧。"

一中就是我跟他曾经一起就读过的中学，"老太婆"这个称呼就是当年他给我取的。

学校的样子跟记忆中的大抵相似，但毕竟已经毕业两年多，宿舍楼前面那排教职工宿舍还是不甘落后地从瓦房变成了现代楼房。

突然发现这所学校真的好小，以前总感觉宿舍跟教室之间距离太远，怎么跑也跑不过上课的铃声。现在我跟 L 并排着以最缓慢的步伐在这校园里行走，才刚走几步就已无处可去。

我想大小总是相对的，相对于灯火辉煌的大城市来说，这个学校确实小得像沙滩上的一粒沙子。看惯了城市里的高楼大厦，这个学校甚至这个小镇对于我们来说又算得了什么呢？

由于是放暑假，校园里很安静。榕树下面铺满了一层又一层的叶子，像是我们的回忆，有厚厚的那么一叠。

L 刚从深圳回来，他跟我说他在深圳的生活。L 说的每一句话都像是在向我透露他现在的物质生活多么丰厚。幸好我知道，他一直以来都是个喜欢炫耀的人，否则我一定指着他的鼻子大骂他“装 X”。

我跟 L 走到以前我们曾一起待过的那间教室的后面。打开教室的窗，我看着教室里面桌子和椅子的布局，突然想起了一些事情。

我记得当时我坐在第三组的第一桌，L 就坐在我后面。那时候只要一上课，我跟 L 就会凭借有利的地理位置不厌其烦地互相传字条。说来也搞笑，我跟 L 能好上靠的全是这些字条，当然在那之前事情还有别的起因。

初二的时候，我在一个偶然的情况下翻看了 L 一本不算隐私但却不应该公开的“日记”。他把本班的女生分为三种类型：泼妇型、温柔型、综合型。虽然他没有指名道姓地写，但我怎么看都觉得自己是泼妇型那种。我心中不爽，便把他那本“日记”里的内容公之于众。

接下来的一段时间，几个平时比较类似“泼妇”的女生便对L采取了一系列“泼妇”专属的行动，我跟L也因此正式成为了敌人。我们几乎每天都吵架斗嘴，有时候语言解决不了的问题就用武力解决。我对这些乐此不疲，因为无论是从口才还是武力方面，他都敌不过我（L是个有原则的人，他不对女生动手）。

下课吵还不够，上课也要写字条吵。一开始字条上的内容几乎都是在吵架，后来吵着吵着俩人竟开始聊起了心事。我想那时候，我应该算是L最好的一位异性朋友了，因为我是第一个知道他心里喜欢谁的女生。当然这不是他告诉我的，是我后面又翻看了他的“日记”知道的。

L的日记本里写的并不完全是个人隐私，他的文章写得很好，也许是受到郭敬明的影响，L平时自己也喜欢写些幼稚的小说。他的“日记”大多数时候纯粹是被我当成小说在看，当然我也会顺便看看他有没有再写班里女生的坏话，却不小心发现了他早恋的秘密。

当时L喜欢我们班里一个柔柔弱弱学习成绩很好的女孩，并且L跟她在一起过。但我知道这件事的时候，他已经跟那个女孩分手很久了。分手原因据说是那个女孩害怕谈恋爱影响了学习，大家都知道，她的成绩是班里数一数二的。

分手后，L 每天都去骚扰那个女孩。他主要问的只有一个问题，就是：你还喜欢我吗？但是那个女孩没有给他答案，她只是一直低着头写着练习题。

直到有一天，L 受够了她的沉默。下课后他用很恶毒的语言攻击那个女孩，那个女孩趴在桌子上哭了起来，班里的人把目光都投到他们俩身上。L 说其实他不想那么做，可是他又必须那样做，为了一个答案。

初三的第一个学期，L 的心情一直处于一种很低落的状态。学习他早就放弃了，他一直在逃避，逃到没有那个女孩的地方。而我迫于学习的压力，晚上便跟他一起逃课到教学楼后面的草坪上聊天消磨时间。有时候他喝酒喝得不省人事，便蜷缩在草坪上睡着了。

夜静悄悄的，我坐在草坪上静静地望着深邃的夜空。我在想很多问题。我在想我逃课出来我的学习该怎么办，我在想我、L 以及那个女孩之间的关系该怎么厘清。

其实班里有很多人都误以为我跟L在一起，因为很多时候我们之间的争吵看起来更像是打情骂俏。误会的人当然也包括那个女孩，我看过她跟L传的字条，她说我是个好女孩，叫L好好珍惜我。但只有我跟L知道，我们两个永远都不可能在一起。

我跟L之间一直以来都有种暧昧，我们都心照不宣，但我并不喜欢L，L也不喜欢我。我跟L是最好的异性朋友，我一直都是这么认为的。

我看到L的眼泪了，我不知道当时的他是真的很难过，还是那只是他觉得失恋应该要难过才尽量表现出来的悲伤。那时候的我们其实只是一群幼稚的小孩，一群小孩对于悲伤的理解应该是不会太深的。看到L的悲伤，我很想劝劝他，但我最终什么都没说，因为那段时间L很少主动跟我讲话。在他感情的世界里，我始终都是个过路人。

初三的下个学期，L走了，我听别人说他随父母去了深圳。他终于逃到离那个女孩很远的地方，也逃离了我的世界。他走了之后，班里面安静了不少，可我总觉得心里空荡荡的。

其实我很介意，我介意他就这么走了，连一声再见也没有跟我说。我一直以为我在他心里即使比不过那个女孩但至少还是有点分量的，可我发现自己错了，于是我哭了，哭是因为以后上课时再也没有人跟我传字条斗嘴了。

最后一个学期在紧张的学习中匆忙地过去。中考过后，我收到一所普通高中的录取通知书。L 喜欢的那个女孩跟我考上了同一所学校，可我觉得她的水平不应该只考上这所普通高中。后来我知道，她只差一分就能考上重点高中，真的只差一分。

上高中没多久，L 就开始跟我联系。他打电话跟我说了好多话，我叫他唱歌给我听，他在电话那头轻轻哼起了周杰伦的《借口》："翻着我们的照片，想念若隐若现……"我在电话这头潸然泪下。我突然很想念跟他混在一起的那段日子，那时候我们总是互相惹对方生气，最后先道歉的那个人却总是他。

我心情不好的时候，还是会要求 L 给我打电话陪我聊天，因为 L 一直都很忙，所以要求渐渐变成一种奢求。我从来都不知道我在 L 心里到底是什么位置，但我知道我不是最重要的那一个人。其实我也不是非要当L心里最重要的那个人，但我想我至少要当一个特殊的人，一个对他来说有不同意义的人。我总是很在乎自己在别人心里面的位置，我想做朋友心中最好的朋友，我想做L心里最重要的那个人，但我从来都不曾拥有“最”这个字。

后来我从L在QQ空间里发表的一些心情得知他家里遭遇了一些变故。我不知道他当时是什么心情，但隔着屏幕我也能感受到他的难过与无助。我想这应该是他这么多年以来受到的最大的打击，比他当年还是个小屁孩因为失恋而受到的打击还要大。亲情永远比爱情重要，他永远失去了他的至爱。

我没有打电话安慰他，我只是在他空间里留了言，不管我说了什么，我想他应该都懂的。L说他真的累了，我也知道他是真的累了。以前我总是抱怨他不给我打电话，总是逼他做些他不愿意做的事。他说：“我以为你是最懂我的，没想到你一点也不理解我，我不得不承认我们真的越来越陌生了。”我也不得不承认当时我真的哭了，为了他这一句话。他不说破多好啊，不说破就还可以像以前一样有说有笑，可是一旦说破了，很多东西便会随之改变。

2015年的夏天，我跟L在深圳又见了一面。他依旧单身，整个人变胖了不少，确切地说应该是浮肿，他说是因为之前生病打了太多激素的原因。简单吃了个饭，聊了一下我们就各回各家了，自那之后，我跟L再也没见过面，连联系都断了。

我们依然各自在不同的城市里过着不同的生活。有时候走在大街上，看到满大街的灰尘在阳光里张牙舞爪，闻到重重的令人作呕的汽油味，我就会很怀念记忆中的那个小镇以及那个校园。虽然那里好像什么都不比城市里的顺眼，但那里有两样东西是城市永远都无法相比的，那就是干净的阳光以及蓝得透明的天空。

当我把这些文字敲完后，电脑右下角的时间显示是凌晨十二点半。我想这应该是我为L以及我跟L共有的记忆所写的最后一篇文章。现在有时候我还是会想起L，但次数明显已经没有以前那么频繁，不知道这些年来他是否也会想起我？

梦田

“每个人心里一亩一亩田 / 每个人心里一个一个梦 / 一颗啊一颗种子 / 是我心里的一亩田……”

你还记得自己小时候的梦想吗?

小时候老师叫我们写关于梦想的作文，我们写的是老师、医生、警察、科学家、宇航员……后来这些梦想几乎都没有实现。

长大后大多数人都拥有了同一个梦想，那就是不上班还有钱花。

我小时候的梦想是什么在这里就不说了，总之长大后，我的梦想是当歌手和作家。如果非要排个序，那还是歌手优先，作家第二。

第一个梦想跟我爸多少有点关系。在那个物资都还比较匮乏的年代，我爸很舍得在追求精神富足这方面花钱。在我还很小的时候，家里有一部很大的银色录音机，还有很多磁带，那些磁带里有一些是爸爸给我买的儿童歌曲。当时我最喜欢听《鲁冰花》和《蜗牛与黄鹂鸟》，有小伙伴来找我玩，我就把磁带拿出来放，大家一起开心地唱“夜夜想起妈妈的话”。

我爸最喜欢听田震，每天干活回来都要放田震的歌。我当时年纪尚小，听不懂那些流行歌曲也不喜欢田震粗犷的声音，便跟小伙伴一起把田震和许多流行歌曲的磁带拿来录了音。

所谓录音就是把磁带放进去，按下录音键，录音机就会开始收录周围出现的声音，磁带里原本收录的声音就会被覆盖掉。我们对着录音机发出各种奇怪的声音，再听那些声音从录音机被重新播放出来，笑得不亦乐乎。

再长大一些，爸爸买了一台VCD，爸爸喜欢听的歌手也从田震变成了卓依婷和邓丽君。他还买了两个话筒，经常大白天的就在房间里开唱，一唱就是大半天。我和小伙伴们这时候开始能听懂一些流行歌曲，便经常互相把这些碟片借来借去。久而久之碟的表面变得很花并带有许多划痕，播放的时候一卡一卡的，没几天就废了。

我爸年轻的时候还玩乐器，当然不是什么名贵的乐器，就是一个小小的口琴，花不了几个钱。我从来没听他吹过这个口琴，也不知道他到底会不会吹。我从小对这些能够发出美妙声音的东西总是很感兴趣，爸爸的口琴经常被我拿来玩。我每次都要很用力才能把它吹响，但无论如何也吹不出美妙的旋律，我悻悻地把它丢到一边，觉得这个口琴肯定是坏了。

村里后来开始流行起粤语歌。每个从外面打工回来的年轻人都要在家里放几首粤语歌并把音响开到最大声，以证明自己跟上了时代的步伐。我爸似乎不怎么喜欢听粤语歌，我对粤语歌的认知还是从隔壁家的音响里开始的。每次阿秋的老爸从外地回家，隔壁的音响里就会传来黄家驹、王杰、陈慧娴等这些香港明星的歌。我当时还不太能听懂粤语歌曲，只觉得旋律很好听。但这些歌后来成了人们口中的经典，对我也产生了很深远的影响。

不知从什么时候起，我在心里悄悄埋下了音乐梦想的种子，但这颗种子在未来几年里并没有发芽，直到再长大一些，我看了赵薇主演的电视剧《情深深雨蒙蒙》。

还记得当时看这部剧，赵薇扮演的陆依萍在大上海舞厅里的表演让我深深着迷。当时觉得陆依萍特别美，在豪华的舞台上惊艳四座，万众瞩目。那一刻起，我感觉心里的那颗种子开始萌芽，直觉告诉我，长大以后我也要做这样的工作，我要成为像陆依萍一样光芒四射的人。再后来，台湾的蔡依林又唱又跳，俘获了无数少男少女的心，我深陷其中无法自拔，当歌手的梦想更加坚定。

一开始对于做歌手这件事我很执着也很能坚持，属于打不死的小强那种。大学的时候，我很喜欢找一些跟唱歌有关的兼职。我去手机店做过商演歌手，也去 KTV 里当过服务员，只为了能在空闲时候溜进包厢唱唱歌。

大三的时候我去一个酒吧应聘过酒吧歌手，音乐总监答应让我试试。但当时我并没有做好准备，在台上紧张得不是忘词就是跑调。一个星期后，不用人家炒我，我自己就没脸去了，连薪水都没好意思找人家要。

一次不行那就再试一次，不久后我又找了一家新开的酒吧。但第一天，我只唱了一首歌总监就让我别唱了。我打车回到学校，一路上眼泪吧嗒吧嗒地往下掉，那段时间我一度在心里对自己产生了怀疑。

没等到大学毕业，我就放弃了学业出来找工作。我一开始在 KTV 找了一个收银员的工作，有空的时候还是经常跑进包厢练唱功。但后来只干了不到两个月就辞职了，辞职以后我又开始找酒吧唱歌的工作。

我在 QQ 群里加了很多在酒吧工作的人，厚着脸皮到处恳求人家给我机会。但因为我是新人没有工作经验，很多人都不敢冒这个险。大概半个月后，有个叫风哥的人愿意以一天一百五的价格让我去试试。但酒吧位于城市周边的小县城，我要坐车过去找这个叫所谓风哥的人。

那时候初出茅庐，还没有什么社会经验，一开始也很担心对方是骗子或者是传销。后来也管不了这么多，便带着三分怕会有危险，七分怕会错过机会的心情，犹豫再三还是去了。

这不是个骗局，当天晚上我就进了一间酒吧成了那里的驻唱歌手。那个小县城的小酒吧也因此成为我歌手生涯的开始。

事情当然没有想象中那么顺利，我在唱功方面还是不行，虽然之前不断在包厢里练习并自认为唱得不错。但在专业人士眼里，我这种唱法是不对的，只是扯着嗓子乱喊而已。没有几套好的服装，也不会化妆，台风不好，更不会在台上说话搞气氛，一切其实都没有我想象中那么简单。

后来因为我的表现一直不佳，酒吧的生意也一直不好，上了十天班后我被炒了鱿鱼。我并没有表现得很沮丧，更多的是激动和兴奋。相比前两次来说，这次算是突破了，上了十天班并拿到了工资。一千五百块在我手里被数了一遍又一遍，对我来讲这不仅仅是一千五百块钱，这是对我的肯定和鼓励我前进的动力，它代表我可以，我需要坚持。

情况慢慢开始有了些好转，但质疑还是一直有，十天半个月走人的情况还是时有发生。但我似乎越挫越勇，再多的质疑也改变不了我要唱歌的决心。

一开始我跟我妈说在酒吧唱歌时她是很反对的。酒吧是什么地方？那是社会不良青年才会去的地方，我一个女孩子怎么能去那种地方工作？在我妈的潜意识里，我应该是一个穿戴整齐进出高档大厦办公室的上班族，然后工作稳定年纪正好，再找个人结婚生子，顺顺利利平平淡淡，生活美满皆大欢喜。

算了吧，这只是我妈认为我该做的事，我要做的事向来都跟我妈的设想背道而驰。我们家的固执是遗传的，我就是铁了心要做这份工作，任她好说歹说都无济于事。就这样，我妈虽不情不愿但又无可奈何。期间免不了各种冷嘲热讽，我左耳进右耳出全不当回事。

每当有人问起我的工作时，我妈总是含糊带过，生怕这工作不够体面让她在人前丢脸。其实我们那个地方的长辈对酒吧没什么概念，大家只觉得你去唱歌这个事很新鲜很特别。后来传来传去变成了我跟着文艺团去了各种各样的城市演出，我哭笑不得却也无从解释。

其实这么多年来人们对酒吧是不是有什么误解？相对于其他场所来说，酒吧确实是个比较混乱危险的地方，但也不是人们口中相传的那样不堪。在酒吧里上班的人只需做好自己的本职工作就可以，许多东西只要你不去参与，也就没你什么事。

这个工作我一干就干了好几年，表演带来的新鲜感也在一天天褪去。在外人看来这几年我似乎有些许进步，但在我看来，自己其实一点进步也没有。直到现在，我也未能搞清楚自己爱的到底是音乐和表演本身还是爱它们带来的鲜花和掌声以及聚光灯打在身上那一刹那聚焦而来的赞叹艳羡的目光。

如果写歌、录歌、发歌、开演唱会是梦想，那这几年来我其实根本没有为完成这些事做过任何值得骄傲的努力，大多数时候我更像是为了混口饭吃。不知从什么时候开始，上台表演变成流水线上的工作，一切都很模式化和商业化，我对这份工作再也投入不了任何感情，梦想变质，剩下的所有坚持都只是为了养家糊口。

我开始怀念当初那个奋不顾身的自己。那时候的我一刻都不愿意停歇，反反复复从一个人生地不熟的城市跑到另一个人生地不熟的城市。听过许多的“你不行”“你不适合”之类的话，也在被否定后躲在被窝里号啕大哭过。但我从没气馁过，也不曾抱怨过，从来不怕千万人阻挡的我，如今却开始害怕自己会投降。

长期熬夜加上不良的饮食习惯一度让我变得很憔悴，每当看到镜子里疲惫的容颜，我都能明显感觉到自己快要向生活缴械投降了。不想再漂了，只想每天可以早睡早起一日三餐都健康规律，总之是想安稳了。

这样想来，其实自己最开始只是想红罢了，喜欢唱歌什么的都是借口。但仔细想想也不完全是，我对音乐还是很爱的，还是想自己写歌自己唱，红不红对我来说已经不重要了。以前的红跟现在的红不一样。以前一个人很红，扑面而来的都是称赞和夸奖；现在一个人很红，大多时候只会招来一片骂声，大家对你私生活的关注多过于你的作品。又或许以前跟现在根本就是一个样，只是现在网络盛行，大家骂得更加明目张胆了。社会虽然在进步，但人性没有改变。

第一个梦想算是夭折了。

再来谈谈第二个梦想。梦想还是要多有几个，就好比高考填志愿，第一志愿肯定填自己最想去的那所大学，第二志愿才会写备选学校。万一最想去的那所大学没去成，至少还有个不错的备胎，写作就是我的备选梦想。

爱上写作是从高中开始的。那时候我迷上韩寒和郭敬明的书，疼痛小说看得太多，导致我十六岁的花季每天都在悲伤之中度过。

那时候还在读高一，县城里举办美食节，天气虽然寒冷还下着小雨，但街道上还是人满为患。很多店铺都趁这个时候打折促销，我就是在逛美食街的时候，顺手买了两本书，一本是《韩寒精选集》，另一本是《郭敬明精选集》。那时候我对韩寒和郭敬明还没有任何了解，买这两本书，原因是它们都有一个共同点，那就是作者都长得很帅。

《郭敬明精选集》里收录的是《梦里花落知多少》和《幻城》，我只看了《梦里花落知多少》。《幻城》

我大概翻看了一下，发现自己对玄幻小说提不起太大的兴趣，所以没有继续看下去。但是对《梦里花落知多少》却印象深刻，林岚、顾小北、闻婧、微微、火柴、陆叙，这些人物虽从未在现实中出现，却仿佛贯穿了我整个青春。

好像是先看完了《梦里花落知多少》，之后才看的韩寒。韩寒那一本收录的是《一座城池》和一篇我已经记不清题目的短篇。除了这两篇是韩寒笔下的文章之外，整本书剩下的内容都是从网上搜集来的有点知名度的作家的短篇文章，连文章末尾的发表时间都给印刷了出来。现在想来，这两本书应该都是“盗版”，因为文中还出现了大量的乱码和错别字，段落排版也不规范，盗版书籍的特点在这两本书里体现得淋漓尽致。

说实话，这本《韩寒精选集》对我造成的影响甚大，我想就是从那时候开始，自己反叛的思想开始成形。那时候我和我的两个同桌都玩得很疯，我们都喜欢看《一座城池》，并且对书中那位美女趁乱脱下倒地男人身上的 CK 内裤，发现是山寨的后甩掉手中内裤愤然离去的情节印象深刻。那时候我们大多热衷于阅读一些悲伤的爱情故事，但类似的文章看多了就觉得很腻。

韩寒的出现帮我们解了这种腻，他从不会用华丽的词语去修饰毫无意义的细节，你也别想从他笔下读到卿卿我我的爱情故事。看了他的书以后我才发现原来文章还可以这样写，我被深深折服。

从网上搜集来的那些收录在《韩寒精选集》中的文章也都是精华，只是这些零散的文章时常让我陷入一种虚无缥缈的状态，也许是因为第一次接触到这种类型的文章，有很多以前从未出现过的情绪开始慢慢被挖掘出来，我对这种感觉深深迷恋。

之后我一直在找那样的文字，后来只找到了一本类似的书叫《生如夏花》。从高中的图书馆借的，看完了，还回去，至今只记得是绿色的封面，封面上还有一个手绘版的妖娆女人。

那两本书现在已经不在我身边，郭敬明那本在高中的时候一直被人借来借去，后来就再也没出现过。韩寒那本撑到了高中毕业，被我带回了家，但因被太多人翻阅过，封面早就不知下落，书也变得有些破烂不堪。再后来，我表姐因为在家无聊，向我借了《韩寒精选集》，这本书便从此一去不复返。我曾试着再去网上把这两本书买回来，我想再看到当年令自己感动至今的文字，但我最终没能找到。

原谅我未能说清楚这两本书对我来说有什么样的意义，总之我很希望它们能够再次回到我身边。

这样想来，还是韩寒对我的影响比较大一些，郭敬明更适合青春时期，而韩寒适合所有时期。

我一直以来都不是个爱学习的人，有时候上课太过烦躁，便也自己写起了东西。坐在教室最后面一排靠窗的位置，用高高立起的课本挡住讲台上老师的视线，我塞上耳机，从抽屉里拿出笔记本，开始在纸上奋笔疾书。

当年虚构过短篇，幻想过长篇，密密麻麻写了满满一本笔记本。虽然知道自己写的文章还达不到可以发表的境界，但还是自我感觉良好。刚上大学那会儿我还能第一梦想和第二梦想两头兼顾，但后来把时间和精力放在了第一梦想和各种各样的兼职上，文字写得越来越少。偶尔还会在空间里发表一些日志，但再也没有拿起笔来写过，写作渐渐被荒废掉。

后面那几年每当我想记录些什么的时候，我发现自己似乎已经无法像以前那样行云流水般写出一篇文章。我常常对着电脑，半天才能憋出一句话来，我深刻意识到自己语言组织能力的退步。

歌手没有当成后，我想起了被自己遗弃多年的文字。我翻出当年那些笔记本，翻阅了自己当年写下的故事，觉得幼稚又搞笑。文笔确实不够成熟，多是些无病呻吟的东西，但常常能带给我很多感动。细读过之后，我似乎又重新找到自己的定位，知道了自己应该怎样去重新写文章。

这样想来，第二梦想似乎仍有点希望。

人的梦想是会随着年龄的增长而不断变化的。以前总想着要成为一个像电影主角一样的传奇人物，但后来发现我们都只能做个普通人，伟大的梦想常常会被柴米油盐给打败，但只是被打败，并不是被打死，我不能因为梦想被打败一两次就放弃了它。人最怕的是能力配不上野心，又不肯静下心来学习，我感觉自己早就过了静下心来学习的阶段，但既然没被现实打死总还是要挣扎一下的。

每个人的梦想最初都是一团剧烈燃烧的火焰，但如果长时间没有往大火里添柴加薪，又让它长年经历风吹雨打，再大的火都将燃烧殆尽。趁火还没灭，我们必须想办法让火势重新变得旺盛起来，否则那奄奄一息的火苗，一口唾沫就能使其湮灭。